講談社文庫

でりばりぃAge

梨屋アリエ

でりばりぃAge

1

足が止まる。

どこへ行くつもりだったんだろう。

肩を使って大きく呼吸する。

まるで溺《おぼ》れているみたいに息苦しい。力を抜いたら流れにまきこまれて、砂底にずぶずぶ埋もれてしまいそう。

でも、ここは海じゃない。わたしは生ぬるい風に逆らって、無人の廊下を歩いていた。胃のあたりのキリキリする痛みをこらえながら、水を掻《か》くように一歩一歩。

負けちゃだめ。試験時間は残りわずか。いまから保健室に行ってどうするつもり？すぐに教室にもどらなくちゃいけない。

一歩踏みだして、足がもつれてしまう。壁によりかかると、スカートの風で、すみのわたぼこりが虫のようにゾゾゾと這《は》って……キモチワルイ。こうしているうちに真っ白な時間は流れてしまう。でも……だめ。腕時計の秒針の振動が、ずきんずきんと頭に響く。まぶたに浮かぶ空欄の解答用紙にめまいを感じる……吸っても吸っても酸素が足りない。不快感はおさまらない。

突然、静けさを壊してセミが鳴きはじめた。鉄筋コンクリートの校舎に反射するセミの声は、不安な警報に変わる。音の暴力。おしよせる強烈な圧迫感。

息がしたい。わたしは全開の窓にかけよった。

帆だ！　白い帆をはためかせた船が見える……。

窓枠をぐっとつかんだ。

そのときチャイムが鳴らなかったら、わたしは衝動的に飛び下りていたかもしれない。四階の窓から、隣の民家の庭に。

その庭は、二本の大木にはさまれていた。しげった枝葉のあいだを区切るように、木から木へロープが結ばれ、洗濯物がゆったりと吊《つ》るされている。タオルと色あせたゆかたのまんなかで、ひときわ目をひくのは白いシーツ。遠目に見ているのに大きくどうどうとしていて、一隻の帆船の帆のようだった。

きっと、溺れているわたしを助けにきた船。

あのシーツは強烈な午後の陽射《ひざ》しで生地を傷めて、パリパリになってるに違いない。きっと緑の青くささと太陽の焦げた匂《にお》いが染みていて、汗ばんだ肌の不快感を一瞬で吸いとってしまうほど乾ききっているはずだ。なのに、炎天から吹きつける風となんて愉《たの》しげに戯れているんだろう。

あの八月の風をはらんだかろやかな洗濯物に、いますぐつつまれたら……。

「いたいた。マナコ大丈夫？」と、友人Aが言った。

「保健室でおクスリ飲んできた？　つきそってあげられなくてゴメンねえ」と、友人Aの子分Bが言った。

「試験中なのに大変だったね。無理しないでね」と、友人のふりをしてなんとなくつるんでいるCが言った。

わたしはどうかしている。見なれた顔なのに、友だちに犯罪者の映像みたいなモザイクがかかって見えたのだ。

胃がキリキリと痛んだ。

無意識に、視線は窓の外を泳いだ。

空は深い海の青だ。洗濯物が船の帆なら、入道雲は波しぶき。

「なに見てんの？　ヘンだよ」と、友人Aユウキ。劇団に入っているわけでもないのに将来はホンキで女優になるつもりでいる。大柄な体を隠すように腰まで伸ばしたサラサラヘアが自慢。

「え？　べつに。いい天気だなと思って」

わたしはサッシから手を離した。強く握っていたので手のひらに跡がくっきりついてしまった。

「夕立が来るかも」と、友人Cのナツミ。おとなしくて、いつも半歩みんなの後ろにいる。気配が薄いけど、探すと必ずいる。

「えーっ、講習が終わるまでもってほしいなあ。カサ持ってこなかったよ」と、友人Bのミサ。ボケ役。ぜったい似合わないのに、ユウキのまねをして春から髪を伸ばしている。小柄だけど足だけデカイ。夜、足の裏にぐるぐるラップを巻いて寝ているという。

「ばっかだー。天気予報見てこなかったの」と、ユウキがつっこむ。

友人はそれぞれお決まりの反応をする。

わたしはニコニコしていたけど、心のなかではひいている。自分自身にも。

「もうすぐ休み時間が終わりそう」

ナツミが小さく言うと、みんなはぞろぞろ歩きだした。わたしは保健室に行く気をなくしていたから、一緒に教室にもどった。もういちど窓の外を見たいのをがまんして。

私立G高校。

ここは、たぶん、二年後にわたしが通うことになる学校だ。わたしたちの緑丘《みどりがおか》中学から駅三つ都心よりで、少し大きな町にある。

緑丘中学のクラスメートの三人とわたしは、G高校の夏期講習に来ている。

毎年、中・高の全学年を対象にひらかれるG高の夏期講習は、このあたりの地区では評判がいい。系列の私立校の人気のある先生が集められ、受験に役立つことを指導してくれる内容で、費用は学習塾よりも安い。いちばん喜んでいるのは親たちだと思うけど、わたしたちのあいだではよその中学のコと知りあえるチャンス、と別の意味で喜んで参加する子がいる。執行猶予のない三年生に比べれば、一、二年生は気楽なものだ。

わたしは新しい出会いを求めてるわけじゃなくて、夏休み中せまい家にいてもしょうがないから申しこんだ。お母さんのすすめで一年生のときにも通ってたから、夏期講習は二度目だ。だから、G高校の雰囲気にも、第一日目に試験をするシステムにもなれている……はずなのに。今年はどうしてこんなに息苦しいんだろう。

試験中の教室。

ボキッと重たい音をたててエンピツの芯《しん》が折れた。筆圧は強いほうじゃないのに、この時間で二本目だ。いやになる。

エンピツを替えて書きこもうとしたとたん、

一×××年×××で××××が——。

ゆうべ苦労して覚えた部分が頭のなかでぜんぶ伏せ字になってしまった。

ちゃんと覚えたのに、どの参考書のどのページに書いてあったかも覚えているのに、大切な部分が思い出せない。

神経を集中させて、記憶の海に沈んでいく。息苦しさにたえながら、かけらを探す。宝探し。答え探し。一××年……そのほんとうの答えに、どんな意味があるか知りもしないけど、空欄を埋めるために言葉を探す。

深く、深く沈んで。

そしてまた、暗く冷たい海で溺れてしまう。

深いところから見上げると、天井《てんじょう》に大きな影が映っていた。

船だ。もがいてもがいて水面に出ると、光。そこには八月の光にあふれるあの庭があった。シーツははためく帆のよう。まさにわたしを救いにきた帆船に見えた。

船に乗りたい。ううん、洗濯物みたいにわたしもあの庭でほわほわとそよぎたい。

考えるだけでどきどきする。

――やっぱりわたしはどうかしている。

一瞬、洗濯物にすがる夢を見た。

わたしは乾いたシーツにくるまれて眠りに落ちるのだ。海底にごぼごぼ沈んでいることを忘れて。


雷鳴。

地面に叩《たた》きつける音。

窓ぎわの子があわてて立ち上がる音。

窓が閉められる。

教室の空気の動きがとまり、むっとした暑さに閉じこめられた。目をやると、窓に雨のしぶきがかかっていた。空に暗雲がたちこめて、フェードアウトするように教室が暗くなった。

カミナリはだいきらい。

先生が蛍光灯をつけると、不安な気持ちが少しだけ遠のいた。

意識を解答用紙にもどす。

エンピツのこすれる音。だれかが苦しそうに息を吐く音。大粒の雨の音。

雨。雨なんだ。

雨粒が跳ね返る。

ほこりっぽい地面にあたって、パシッパシッと粒は飛び散る。

きっと乾いたあの庭に、点々と染みをつけているんだろう。

あの場所には、小さな診療所があったらしい。らしい、というのは、さびた外灯にかかった看板に「奥窪医院《おくくぼ》」という文字が残っているからだ。その建物があったと思われる場所は、広い庭になっていた。そして、低い門からずっと奥まったところに、セピア色の写真が似合いそうな古ぼけた平屋がある。

去年、はじめてG高校へ来たとき、曲がり角がわからなくて、校舎に沿った小道をうろうろしてしまった。駅からの近道のつもりで曲がった路地が行き止まりだったからだ。そのとき、あの看板とうっそうとした木に囲まれた庭に出くわした。

どうして覚えているかというと、かくしゃくたる老紳士が庭で水まきをしていたからだ。体に水がかかるのも気にとめず、ぶんぶんと青いビニールホースを動かしてがむしゃらに散水していた姿が奇妙だった。ちょうど水不足で、節水の広報車が朝から騒がしくしていたときだったから、記憶に残っているのだ。

そう。あれは去年のことだった。

わたしは身震いした。激しい雨に打たれる庭が、頭に鮮明に浮かんだから。

あの洗濯物は濡《ぬ》れなかっただろうか。パリパリに乾いたシーツは気持ちいいまま、だれかの手で屋根の下に取りこまれただろうか。タオルやゆかたは惨めな姿になって、雨に打たれたりしてないだろうか……。

なによ。他人の家の洗濯物じゃない！

つまらない心配事を追い払おうとしても、頭にこびりついて離れない。頭が痛くなってきた。

――もうだめ。がまんできない。

わたしはエンピツを投げ置いて、イスを倒す勢いで立った。

教室を飛びだして、廊下の窓から大きく身を乗りだして、庭を見た。

濡れてる。

洗濯物が雨に打たれている！

階段を駆けおり、靴をはきかえるのももどかしく、裏門に向かった。ためらう暇もなく奥窪医院のあった庭に入って、洗濯物を取りこみ、奥の家のひらいていた窓に思いっきり放りこんだ。

「手遅れ、じゃ、ないよね」

窓の桟に手をついて息を整えながら、自分に聞いてみた。

うん。ぎりぎり、大丈夫。指にしめっぽい感触が残っているけれど……。

「だれ？」

きげんの悪そうな声。

中途半端に開いた奥のふすまのむこうで、その人は座ったまま体をよじっていた。

暗い和室のすみに文机とデスクライトがあった。そこだけポッと照らされたところに分厚い本がひらいてある。

「あ……あの」

家のなかに人がいたなんて。

恥ずかしさで、頭に血がのぼった。

「だ、だめでしょう。雨で洗濯物が濡れてましたよ!」

「雨? ああ、雨の音だったのか……」

ごしごしと目をこすり、窓へ近づいてきた。若い男の人だった。木造の日本家屋とはミスマッチなスリッパをはいている。畳の上が散らかっているから不精者なのかもしれない。

とりあえず大学生やってますふうの、のほほんとした人だ。頼りなさそうなやせ型でおもながでたれ目。髪はすこしだけ茶色くて、いっぱしのミュージシャンみたいに首の後ろで結んでいる。ウサギのしっぽの長さ。でも、はっきり言わせてもらえば、音楽なんてちっともわかりそうにないボーっとした顔だ。

「この降りが聞こえなかったの? シーツがびっしょりになるところだったよ」

「……きみも」

言われてハッと頭に手をやった。

夕立のなかにつっ立って、他人の庭でわたしはいったいなにをしているんだっ。試験を放棄して、息を切らして走ってきて……。

「あんた、洗濯物フェチ? 風邪《かぜ》ひき覚悟で他人の庭に駆けこんできてくれたわけ」

その人は苦々しい顔をして口許をひくひくさせていた。けど、わたしが惨めに肩を落とすと、がまんできずに吹きだした。

「ミョーなヤツー。ねえキミ、レンタルタオル一枚一万円でどう？　雨宿りしててもいいよ。それともよその家の洗濯物を助けにいくのかい」

「え？」

稲光。

おなかに響く低い雷鳴。

わたしはそのどちらにも悲鳴をあげてしまった。雨音が高くなる。

「いいから入ってこい。入館料をタダにしてやる。ただし靴下が汚れても文句を言うな」

笑い声は暗闇《くらやみ》のなかにいたふきげんな声の主とは別人のようにからっと明るい。

ニッコリした顔に下心は皆無。

「でも……」

あたりが白くなるほどの稲妻。

「ひゃあ！」

ひときわ大きい雷鳴。

近い。体に当たる雨粒が痛い。

「入り口はあっち」

雷鳴の下にいるのにたえられず、指で示された玄関に走った。


「きみ、隣の高校の子か」

「高校生じゃなくて中二。G高の夏期講習に来てる」

「それはごくろーさん」

靴下を脱いであがりこむと、その人はすぐにタオルを貸してくれた。幸い、お金は取られなかった。

「それにしても、よく濡れたなあ。あいにく、きみに貸せる服がない。おれ、着替えを持ってきてないんだ」

「ここはアンタ……ええと、奥窪さん……の住んでる家じゃないの」

「ジジイの家だ。おれは遊びにきてるだけ」

「ふうん」

ということは、あの洗濯物はおじいさんのものだったのか。

貸してもらったタオルには太陽の香りがなかったけど、家全体からしっとりした古い木の香りがする。息をするだけで気持ちが安らぐようで不思議。

タオルを使っても髪も服もかなりしめっぽいままだけど、しかたがない。濡れても透けにくい素材のブラウスを着ていて助かった。

蒸し暑いのにすこし寒けがする。くしゃみが出た。風邪をひくかもしれない。

「チューガクセイ、なにか飲むか。冷えたろうからあったかいのがいいか？　こっち来い」

「おかまいなく……」

あとをついて台所に入ると、いきなりヤカンをわたされた。

セルフサービス、と言うと、その人は部屋にもどってふすまを閉めた。なんてやつ。

使いこまれた食卓には、茶筒やコーヒーの粉や紅茶のティーバッグやインスタント食品が散らかっていた。急須はうっすらほこりをかぶっていたけど、コーヒーメーカーは使った痕跡《こんせき》があった。

「えーと、奥窪さん、コーヒー飲む？」

「コーヒーは苦手なんだ」

それじゃ、コーヒーメーカーを使ったのはおじいさんか。

「紅茶いれるね。カップはどこ？」

「そのへんの棚を探してくれ」

お湯を沸かし、一つのティーバッグで紅茶を二人分作った。どんなに探してもティーカップが見つからないので、古風な湯飲みを使った。

紅茶が入ったことを告げると、その人はすぐにもどってきてテーブルについた。

「いやー。嬉《うれ》しいな。チューガクセイとお近づきになれるなんて」

オヤジのようにニヤニヤして、まるで玄米茶を飲むようにずっとダージリンを飲む。

「けっこうなお手前で」

「はあ、それはどうも」

知らない人となにを話したらいいのだろう。

わたしは視線が合わないようにあちこちを見た。

「なにか探してる？」

「いえいえ」

目が合った。笑っているけど警戒しているのがわかる。わたしから先にそらした。ふつう、オンナのコのほうが警戒するもんじゃない？

その人の背後の開けはなしたふすまから、奥の部屋が見えた。デスクライトが消えていて不気味。

「なにをしていたんですか」

「ちょっとね……」

その人は席を立ってふすまを閉めた。

「ＨＩＳＴＯＲＹを」

「勉強ですか」

「ま、そんなとこかな」

そう言うと、びっくりするほどひょうきんな笑い声をあげた。南国の鳥が鳴くみたいに笑う。

わけがわからず、つられてわたしも笑いそうになった。へんな人。

「奥窪さんて、大学生ですか」

「どうかな。大学生とはいえない大学生ってとこかな……」

「浪人？」

「ま、そんなとこかな」

「投げやりな言い方」

「分類されるのが嫌いなんだ」

「ローニンセイだからって？」

「なにを、チューガクセイの分際で」

「ローニンセイごときに」

「チューガクセイ風情に」

「ローニン……えーと」

「そんなことローニンセイに言われたくないワ」

「自分で言ってどうすんの」

「そうだった。なにしろクラーイ青春を送っているもんでね、すぐ卑屈になるんだ。

そこのアナタ、おヒクツクライ？　なんつって」

そう言いながらケラケラ笑う。笑いじょうごってやつだ。さらにだじゃれ（「ダジャレを言うのはダレジャ？」レベル）を言って、ひとりでウケてる。こっちはぜんぜんおもしろくないのに。勉強しすぎてどこか頭のネジが飛んでいるのかもしれない。

「暗いどころか底抜けに明るいと思う。なにがそんなにおかしいの？」

「そうだな。なんでこんなに笑えるんだろう。おかしいことなんてぜんぜんない……」

そう言いながら紅茶を飲んで、ローニンセイはむせた。

「わかった。笑えるのはチューガクセイの顔を見ているからだ。ぶはははは っ」

失礼なやつ。

早く、雨が上がればいい。

2

朝。弟のケンジは、三年くらい洗ってないひなたの水槽の水のようなジュースを飲む。異常繁殖した藻のおばけと死んだザリガニと沈殿物で黒ずんだ砂といつまでも消えない泡を浮かべた腐った水をミキサーにかけたら、きっとそんなふうになる。

「はい、お母さんのスペシャル健康ジュース！」

ケンジのコップに、灰色がかった緑のジュースがなみなみとそそがれる。

コップはわたしの前にはない。なにを言われても頑として飲まなかったから、お母さんがあきらめたのだ。

お母さんは一週間に一度、野菜や果物をすりつぶしてスペシャル健康ジュースを作る。いつもたくさん作って、冷蔵庫で冷やしておく。作り方はカルチャーセンターの栄養講座で三、四年前に覚えてきた。その日から、お母さんは毎日ジュースをコップいっぱい飲むことを朝の儀式にした。

いまでは、まじめに儀式に参加しているのはケンジだけだ。お父さんは忙しいふりをして、飲まずに出勤する。お母さんでさえ、忘れたふりをして飲まないときがある。

ケンジはコップを持つと、一気飲みをするために息をととのえ身構えた。

「3、2、1、ゴー！」

小さなのどがゴクッゴクッと動く。

無理をしているから、ケンジがスペシャル健康ジュースを飲むときは、こめかみに小さな傷あとが白く浮きあがる。

昔、姉弟ゲンカをしたとき、ケンジがテーブルに頭をぶつけてケガをした。わたしが突き飛ばしたからだ。かわいそうなことをしたと思う。わざとじゃなかった。反省している。だから、そろそろぜんぶ許して、傷あとが消えてもいいころだと思う。けんかの理由は忘れてしまってるのに、ケンジのこめかみの傷はまだ残っている。

「アンタ、よく毎日そんなもの飲むね」

「これって体にいいんだよ」

「マズイものはマズイって言いなよ」

「マズーイ。でも、健康」

ケンジは青くさいげっぷをしてケタケタ笑った。笑うとえくぼができる。わが弟ながら、かわいいと思う。ドラマの子役のコなんかより、ケンジのほうが百倍かわいい。

すこし虚弱体質で、小学一年生にしては体は小さい。手足はやせているのに顔はふっくらしていて、つっつきたくなるほどぷよぷよした頰《ほお》をしている。目はぱっちり。いますぐウィーン少年合唱団に入れそうなボーイソプラノ。おとなのいうことをきく、素直なイイコ。あたしとはぜんぜんちがう。だからかわいい。かわいすぎて、憎らしい。

「おねえちゃん、ちょっと」

お母さんが寝室で呼んだ。

——きた。

心電図をとっていたら、わたしの脈拍は計測不可能の値に跳ねあがったはずだ。

「ファスナー上げて」

お母さんは紺色のニットのワンピースと格闘していた。体がかたいから、背中に手が届かないのだ。

きのう授業を抜けだしたことを叱《しか》られるのかと思ったのに、ちがった。

授業を勝手に抜けだすなんて、初めてだ。正直に言えば、学校を抜けだす想像をしたことはいままで何度もある。けど、行動にうつすつもりはさらさらなかった。しかも、単独行動なんて！

中学校では、わたしは問題のない生徒だ。G高の夏期講習は、中学校のちゃんとした授業じゃないから罪は軽いかもしれない……軽くたって、やっていいことじゃないのはわかっている。

きのう遅く帰宅したときから、いつ叱られるんだろうとこわくてしかたがなかった。

キッチンで、お母さんはいつものようにテーブルに本や会報を広げてせっせとノートに書きこみをしていた。ちらっとわたしの顔を見て、おかえりと言う。いつもと同じ……ちがう、すこし声が低いように感じた。お母さんはなにもかもすっかり知っていて怒っているんだもの、当然だ。わたしは言葉の続きを待った。でも、お母さんはもくもくと作業を続けた。いつ話を切りだすんだろう。ごはんのとき？　お風呂のあと？　なにも言わない。ひょっとしたらわたしから言いだすのを待っているのかもしれない。できることなら言いたいけれど、自分でも不思議な行動だったから、説明のしようがない。ベッドに入っても心臓がバクバクしてなかなか眠れなかった。あんまり寝てないのに、今朝は目覚まし時計のアラームの前に起きてしまった。

夏期講習の先生から連絡がなかったんだ。どうせ授業料は先に払ってしまったんだし、二週間だけの生徒だから、いちいち気にしないのだろう。きのうのことを聞かれたら、頭痛とか腹痛とか、それらしい言い訳をしようと用意していたのに、悩んで損をした。

どうやらお母さんはなにも知らないらしい。助かった。でも、やっぱり、正直に話したほうがいいだろうか。

「……ねぇ……」

「今日はK県の福祉教育センターまで行かなくちゃ。考える保護者の会の関東支部と区の教育研究サークル合同でね、公開フォーラムがあるの。お母さん、役員にはなってないけど、両方に入っているから参加しないわけにいかないでしょう？　あとで子ども世界研究会の松野《まつの》さんに報告するよう頼まれちゃったし……ほら、あの人仕事があるから、緊急の招集には参加できないんですって」

「緊急って？」

お母さんからほのかに化粧水の匂《にお》いがする。

ファスナーを上げてホックをとめてあげると、お母さんはすごい勢いでファンデーションを塗りはじめた。

「夏休みに入ってすぐ、Z中の子がナイフで傷害事件を起こしたでしょう。事件を起こした中学生のこと、どう思う？」

「……あ」

「こわい世の中よねえ。真名子《まなこ》は刃物を持ち歩く子のことどう思う？」

「……そ」

「新聞にはふつうの子って書いてあったけど、最近事件を起こすのはみんなふつうの子ね。まったく親や先生はなにを見てるのかしら」

お母さんのおしゃべりには、わたしが答えるひまがない。

お母さんは薄く眉を描《か》く。薄い色のアイシャドーをつける。ブラシでさっと頰紅《ほおべに》を入れる。唇よりすこし明るい色、でも派手すぎない口紅を塗る。

メイクしているというのに、いつもの、パッとしない顔ができあがる。ずっとつまらなそうな表情をしているせいかな。

「真名子はナイフ欲しいと思ったことある？」

ティッシュで口紅をおさえる。やっとわたしが答えるまができた。

「べつに」

「べつにって、どういうこと？」

「想像できない」

面倒だからそう言った。どうせ、ちゃんと聞いちゃいないんだ。

「真名子のこと信じてるけど、気をつけてね」

「なに？」

「明日の子どもを守る会の人が言ってたのよ。非行のはじまる時期なんですって。『中二の夏に気をつけろ』だって」

標語みたい。

すこし、いやな気持ちになった。

「行っていいよ」

「うん」

返事をしたけど、わたしはしばらくお母さんの身支度をする様子を見ていた。スプレーを吹きつけて、髪を整える。白髪《しらが》染め兼用のヘアマニキュアを使っているから、蛍光灯の光があたるとすこしチョコレートっぽい色に見える。ゆるくパーマをかけた髪は肩にかかるくらいの位置でちょうどよくまとまる。老けてみえないように、前髪をカールさせて広い額をだす。細いネックレスと小さなイヤリングをつける。指には結婚指輪だけ。めだった物は身につけない。そうやって、特別じゃない、どこにでもいるようなふつうの母親になる。

鏡のなかのお母さんと目が合った。

まだいたの？　というように眉が動く。

「遅くなるの？」

「たぶん、あのメンバーじゃすぐに解散にはならないでしょうね。夜はピザでも取りなさい。お金はいつものところに置いておくから」

「たいへんだね」

「大人も子どもも、たいへんたいへん。どうしたの？　真名子も出かける時間でしょう」

ふあーい、と力のぬけた返事をして、バッグを取りにいった。

子ども部屋ではケンジがリュックを背負って出かける準備をしていた。

ケンジはスイミングスクールが夏休みだけ特別に開催しているあそび塾へ通っている。みんなで宿題をやったり遊んだり運動したりする、お母さんの好きなナントカ教授のおすすめカリキュラムなのだとか。

「わあー時間だ。バスが来ちゃう。急げ」

「今夜はピザだよ」

あわてて出ていこうとするケンジに言うと、ブレーキをかけるようにキキーッと叫んで足を止めた。

「カギ持つの忘れてた。ヤバイ、ヤバイ」

ケンジは家のカギをリュックにしまうと、どたどたと玄関に向かった。

時計を見て、わたしもあとを追いかける。

ケンジは靴をつっかけながら、腕を大きく振り回した。

「グレイト・ケンジ・キーング、ヘンシン！」

「痛いなあ。せまい玄関で変なポーズをとらないでよ。いまわざとぶったでしょ」

ケンジはいつも無敵のグレイト・ケンジ・キングに変身してから家を出る。

「なんでわざわざ変身しなきゃなんないの」

「どけ、怪物ナマコダーめ。オレは無敵のグレイト・ケンジ・キングなのだあ！」

変身するとなぜか口ぎたなくなる。テレビドラマのヒーローのせいだ。

ケンジは跳ねるような走り方をしながら階段を下り、社宅の入り口の集合場所へ向かった。

弟の姿を見つけたバス待ちの子どもたちは、ぎゃあぎゃあとやかましくなった。

他人のふりをしたわたしがそこを通りすぎるころには、グレイト・ケンジ・キングはオトコのコたちの輪のまんなかにいた。タコみたいに変な踊りをおどって、必死に笑いを集めていた。

3

駅のプラットホームでは、きのうと同じ場所でユウキとミサが向きあっておしゃべりをしていた。話題は雑誌で見た流行のファッションかアイドルのことだろう。ナツミが興味なさそうにミサの斜め横でかたちばかり耳を傾けているから予想がつく。

わたしに最初に気づいたのはナツミだ。

「マナコちゃん、おはよう」

次にユウキがパッと振り向いて、じまんのストレートヘアをなでた。

「あ、来た来た」

ミサはオハヨウもなし。好奇心むきだしで、きのうの奇行をたずねた。

試験中、突然教室を出ていって、わたしはそれっきりもどらなかった。ほんとうは雨があがってから荷物を取りにいったんだけど、そのとき教室にはだれもいなかった。

雨がやむのを待たずに、あの人にカサを借りればよかったのに、そんなことちっとも思いつかなかった。台所でどしゃぶりの雨の音を聞きながら、テレビやビデオの話をして、共通の話題がなくなったらあたりさわりのない世間話をして、サムイだじゃれを聞かされて、なんとなく無駄な時間を過ごしてしまった。

どうして教室を出ていったのか、どこに行ったのか、正直に話すべきだろうか。笑わないでちゃんと聞いてもらえるだろうか。ううん、絶対に笑うだろうな。

うまく説明できずに苦笑いでごまかしていると、ミサが勝手に理由をつけた。ミサたちはわたしがキレたと決めつけたいらしい。言われてみればたしかにキレたんだと思う。いままでの正常なわたしだったら、絶対にあんなことはしなかった。

「マナコこわぁい」

ユウキとミサはおもしろがってキケン人物を見る目をした。

「むしゃくしゃしても殺さないでねえ」

「なぐりたいときはミサを」

「なんであたしなのー」

「いけにえだ。みんなのために死んでくれ」

「ひっどおーい」

「冗談はよそう。マナコちゃんがかわいそう」

ナツミは小さな、だけどよくとおる声で言った。

「…………」

ユウキとミサは開きかけた口を閉じた。

ナツミはシワができそうなほど、ぎゅっとスカートを握っていた。

いやな空気。ナツミはかばったつもりだろうけど、いらぬおせっかいだ。逆に、なんだかバカにされたような気がした。

「……ねえ。ゆうべのラジオ、聴いた？」

「聴いた聴いた。おかしかったねー」

わたしはユウキの話に飛びついた。

ユウキの好きなＤＪが、くだらない恋愛相談をする番組だ。好きじゃないけど、話の種に聴くことにしている。

会話に入りこめないのはナツミだけ。ナツミは自分のラジオを持っていない。きっと、持っていても聴かないだろうけど。

ナツミは孤高の人だ。ナツミは他人の色に染まらない。生まれつきそういうタイプなのか、わざとそうしているのかわからないけど、染まらないのはいいことばかりじゃない。ときどき、まわりにいる人を不愉快にする。

駅に電車が入ってきて、話がとぎれた。

夏休みといっても通勤時間なので、電車は混《こ》んでいて座れない。

乗り降りの混雑にまぎれてユウキたちと離れた吊《つ》り革につかまった。ほっとため息をついたら、ドアの方の窮屈なところにとりのこされていたナツミと目が合った。うざったいからいそいで車内の広告に目を移す。

『しあわせゴールのおてつだい。ウエディングベル祝寿宮』

白いドレスの新婦が白い燕尾《えんび》服の新郎に抱きあげられている、工夫のない広告。

——アホらしい。

「やだなあ、この顔」

ブラシを動かす手をとめて鏡をのぞきこんでいたユウキが言った。教室に荷物を置いたらまずトイレ。鏡を見るためだ。

顔なんか、見たくない。でも、見ないと落ちつかない。鏡を見るとき、いつも不安になる。もしそこにわたしじゃなくて、わたしに似た醜い化け物が映っていたらどうしようって心配になるから。

「ちがう顔がついていたらいいのに」

「どんな?」

ユウキは芸能人の名前をいくつかあげた。

その言い方が真剣なので、弟のケンジみたいに変身できればよかったのにね、なんて思って笑いそうになった。

「ユウキはユウキのままがいいよ」

「そうだよ。かわいいもん、ねー」

ミサがこびるように首をかしげた。動きにつられてわたしはうなずいた。ワンテンポ遅れてナツミもうなずく。ユウキは鏡の自分を見つめたまま、困ったように言った。

「そんなことないよう。あたしこの顔きらーい」

「またまたっ。講習の先生にもかわいいって言われたでしょ。ホントにかわいいんだから、もっと自信を持ちなよ」

ミサはサルが毛づくろいをするようにユウキの髪をなでた。とても、ていねいに。わたしも褒めることにした。

「ユウキは髪もきれい」

「そうそう。うらやましいよね。ね、ナツミもそう思うよね？」

ミサに聞かれたナツミは、一瞬なにかを考えたあと、ニコッと笑って肯定した。

「でもー、この顔、いやなのぉ」

鏡のなかのユウキは迷惑そうにほほえんで、色つきのリップクリームをぬった。

「ところでさあ。三年のクラスの廊下側の席のオトコのコ、イケテるよね」

「いちばん後ろの？」

ユウキとミサは目ざとい。

「そう、そいつ」

「マナコはどう思う？」

「あ、ごめん気がつかなかった。あとでチェックしとく。ナツミは？」

どうせ見てないと思うけど、話をふってみた。

「うん。そろそろ、一時間目の時間」

ナツミは腕時計を見ていた。


教室にもどる足が重い。

たまらなく、息苦しさを感じる。

――授業が始まるから？ ちがう、この感じはもっと前から続いていた。鏡の前でも、電車のなかでも、駅でも……たぶん、家にいるときでも。

負けちゃだめ、と励ます心に反抗するように胃がキリリと痛みだした。

わたしは立ち止まった。

ユウキとミサは気づかないでどんどん歩いていってしまう。

ナツミが心配そうに振り向いた。

「先に行ってて」

ナツミはぐずぐずしたけど、きつくにらむとわたしのいうとおりにした。

どうしても、確かめておきたいものがある。そこへ行くのは、ひとりでなくちゃいけない。

まもなく、一時間目のチャイムが鳴り、廊下が静かになる。先生が来てない教室はざわざわしていても、窓に近づけば、その雑音は一歩一歩遠くなる。

さあ、息を吐いて、海の底からはいあがろう！

つまさき立ちをして倒れこむように窓の外を見ると、あの庭があった。

まんなかに残っている小さな水たまりが、夏空を反射してまぶしい。それ以外は、木に囲まれたただの庭だ。

きのうはどうして帆船なんかに見えたんだろう。

確かめたら、がっかりした。

窓ぎわを去りかけたとき、家の脇《わき》のほうから人があらわれた。ローニンセイだ。ローニンセイは庭にロープを張り、せっせと洗濯物を干しはじめた。きのうのやつを洗いなおしたんだろう。

タオル、ゆかた、シーツ……。

楽しそうに洗濯物のしわを叩《たた》いている様子を見ていたら、心がむずむずしてきた。

ローニンセイのくせに。

わたしは念を送った。一瞬、ローニンセイの手が止まったように見えて、窓から首を引っこめた。見つかるはずはない。校舎の窓はたくさんあるんだから。わかっちゃいるのに、すごく、ドキドキした。

「勉強しろ、か。わたしも勉強しなくちゃねえ」

勉強してそれなりの高校へ行って、それなりの大学へ行って、それなりの就職をして……結婚。

突然、頭のなかが真っ白になった。

一生懸命勉強したって、しなくたって、行き着くところは同じなの？　だれかと結婚をして、子どもを産んで、育てて……その先になにがある？

わかんない。

先が見えなくて、怖くなった。

胃が焦げるようにキリキリする。

わかんない。だけど……いまのうちに自分にできることを精いっぱいやっておかなきゃいけない。そのくらいのことはわかっている。積立貯金みたいなものなんだ。あとで必要なときのために、いまのうちからこつこつやらなくちゃならない。

あとって、いつ？

なんのために？

先のことを考えすぎると、吐き気がする。

負けちゃだめだ。そのときがくればわかるんだから。

教室にもどろう。洗濯物を見たから変になったんだ。チャイムは鳴った。先生が来る前に教室に行こう。わたしは夏期講習に来ているんだから。ちゃんとしなくちゃ……。

自分で自分を引きはがすように窓を離れ、廊下を走った。

そして、
教室の机に置いたままのバッグをつかむやいなや、わたしは講習から逃亡した。

ローニンセイはエンガワに腰かけて、整然と干された洗濯物をながめていた。あしもとに木製のぎざぎざした板――たぶんセンタクイタってヤツと大きな金属の洗面器のようなものが立てかけてある。

「これはセンタクイタ。こっちはカナダライというのだ、チューガクセイ。ひろくて洗濯しやすいぞ」

「まさか、ぜんぶ手で洗ったの？」

「いい運動になるよ」

ローニンセイは照れくさそうに手を開いたり閉じたりした。

「きのうはどうも」

「こちらこそ、お世話になりました……」

なんの用で来たのかと聞かれたら、答えに窮して逃げただろう。もしかしたら、正気をとりもどして講習にもどったかもしれない。でも、ローニンセイはなにも聞かなかった。

見上げると、わたしがいたG高校の校舎の窓は小さく、とても遠くに感じた。

——もう、わたしはあそこにいない。

講習を抜けだしたことは考えないように決めた。

「それなあに」

にわかにセミが鳴きだした。

うるさいはずなのに、不思議と静けさを感じた。木々の枝に切り取られた蒼穹《そうきゅう》に音が吸いこまれていくせいだろうか。

空をあおいでいると、すうっと呼吸が楽になった。

「さてと」

ローニンセイはジジくさいサンダルをつっかけると、カナダライとセンタクイタを家の裏へ持っていった。軒下からひなたに出ると、午前中の陽射《ひざ》しのせいで白いシャツが濡《ぬ》れたように光ってまぶしい。

今日も暑い一日になるだろう。

ローニンセイのまねをしてエンガワに座ろうとしたら、触れた指がジャリジャリした。砂だらけだ。しばらく掃除をサボっているんだろう。スカートが汚れないよう、軽く手ではらってから腰かけた。板の床は冷たくて気持ちいい。

いつのまにか家にあがっていたローニンセイが、エンガワの障子と奥のふすまを開けた。北側の窓も開けたのだろう、そよ風が家のなかを抜ける。

明るい庭からお座敷に目をうつすと、不気味なほど真っ暗に見えた。家のなかはしんとしている。今日もおじいさんはいないようだ。

「おれは奥でやることがあるから」

「うん」

きっと、勉強するんだろう。

「この庭、いいね」

ローニンセイは興味なさそうに一瞥《いちべつ》した。

「そうか？　古い木があるからかな」

「ここで庭を見てもいい？」

ローニンセイはわたしを変な生き物を見つけたようにまじまじと見た。それから、ハンバーガーショップの店員みたいによそよそしい笑顔をつくった。

「どうぞ」

4

敷地の両端で空を支える二本の古い木は、幹が黒くてごつごつしてるからサクラだろう。サルスベリやキョウチクトウは、笑い声が聞こえてきそうなほどにぎやかに咲いている。緑の濃い庭木たちは、バンザイするように梢をお日さまに向けている。

陽《ひ》あたりのいい場所には夏の草花が咲いている。花壇とよぶほどはっきり区切ってあるわけじゃなくて、庭の延長にじかに咲いている。灌木《かんぼく》のあいだには雑草がのびのびと生えているから、手入れがよい庭とはいえない。

この町なかで、二面でバドミントンができそうな広さの庭を持っているのは、とてもぜいたくだ。もっとも、ここでほんとうにバドミントンをやったら張りだした枝にシャトルが引っかかって大変なことになりそう。

月日に踏み固められた地面を見ていたら、低く線になっているところと、石の土台の残骸《ざんがい》を見つけた。昔そこにあった奥窪《おくくぼ》医院の建物の輪郭がなんとなくわかった。木々に囲まれた診療所は、きっと気持ちの安らぐところだったろう。

いま、庭の特等席で、洗濯物がゆれる。

風は微風。生ぬるい夏の風。

陽が高くなって、じっとしていても汗が出てくる。なのに、白いシーツは涼しそうだ。

ぼんやりしていたら、じわっとなつかしさがわいてきた。いつか、これと同じ夢を見たような気がした。そのとたん、すっぱい気持ちが胸に広がりだした。

夢じゃない。昔、似たような風景を見たことがある。

おじいちゃん家《ち》のかんぴょうカーテンだ。

お父さんの田舎《いなか》はお米とかんぴょうを作っている農家だ。かんぴょうの正体はユウガオの実。ウリの仲間で、実は大玉のスイカくらい大きく、しもぶくれにふくれた黄緑色をしている。そのあたりでは毎年、梅雨明《つゆあ》けと同時にかんぴょう作りが始まるのだ。

収穫したユウガオの実を皮むき機の針に固定してモーターを作動させると、実がくるくる回転する。おじいちゃんがそこにカンナをあてて、しゅるっしゅるっと皮をむく。実が回転しているから、刃をあてるだけであっというまにむけてしまう。黄緑色の皮の下は白い。その白い部分を、細長いヒモになるように丁寧にむいていく。回転する実から飛ぶようにはがれるようすは、透明人間の包帯がとけていくみたいだった。

二メートルくらいのヒモにしたものを、おばあちゃんが八手《やで》という竹の竿《さお》にかけて干す。

八手は農家の広い庭のはしからはしまで鉄棒のように立っていて、庭はかんぴょうのカーテンで幾重にも隠されてしまう。日光にさらされると、カーテンの色と青い匂《にお》いが少しずつ変わっていく。午後になるとカリカリに縮れて、庭は乾いた太陽の匂いにつつまれる。

庭いっぱいのかんぴょうカーテンは壮観だった。でも、いまではその風景を見られない。専用の乾燥機をつかって乾かすから、おじいちゃん家の庭はかんぴょうに占領されなくなったんだ。おじいちゃん家は近所の農家に比べると、乾燥機を導入するのが遅いほうだった。わたしがおじいちゃん家にあずけられたのは、庭にかんぴょうを干していた最後の年。あれは、七歳になる夏休み――「まなちゃん」が「おねえちゃん」になった夏。

庭の洗濯物を見てなつかしく、せつなく感じたのは、そのときの情景を思い出したからだろうか。

「もうすぐ、お昼だけど」

声をかけられて現実に引きもどされた。

すぐ後ろにローニンセイが立っていた。畳の上なのにスリッパをはいている。

「大丈夫か？　そんなところにいるから照り返しのせいで、ボーっとしてるんじゃないか」

ローニンセイは心配顔でわたしをのぞきこんだ。ケーハクそうな外見にかかわらず、親切で言ってくれているのがわかった。

わたしはほてった顔を手のひらでこすった。喉《のど》の奥がしょっぱくて、すぐに声が出なかった。

「……かもしれない」

わたしはバッグからコンビニのおにぎりを出した。無添加・天然塩使用とシールがはってあるもの。夏期講習の昼休みに食べるはずだった。

「なんだ。そういうことなら上にあがりなよ。冷たい麦茶があるから」

のどが渇いてたから嬉《うれ》しい。でも、念のために聞いた。

「タダ？」

ローニンセイはわざと考えるふりをして、苦笑した。

「タダにしとく」

5

ゆうがた。家に帰るとケンジがいた。

子ども部屋でねっしんに机に向かっていた。夏休みになってから、ケンジは毎日まっすぐな線を描《か》く練習をしている。じょうぎを使わず、いかに長くまっすぐな線を描くことができるか。それがケンジの考えついた最高の遊びらしい。地味、かつ暗い。マッスグが描けたからといって、どうってことないのに。

お母さんから誕生日のプレゼントにもらったらくがき帳に、ケンジはエンピツでよろよろした線を何百本も描きつけている。お父さんからもらったロボットのおもちゃは、箱に入れたまま本棚に飾っている。気に入らないのではなく、大切な宝物だから使わずにとっておくのだ。へんなやつ。

ケンジはふうっと大きく呼吸をした。線を引いているあいだ、息を止めているから苦しくなったんだろう。

「おかえり、おねえちゃん。今日は少し早かったね」

「アンタもね」

「電話があったよ」

ドキッとした。夏期講習の先生からだったら大変だ。ケンジはぜったいお母さんにも話すから、あとでなぜ電話があったのかと問いただされる。それはマズイ。なんて言い訳をしよう。でも、いまはフツウを装って聞かなくちゃならない。

「だれから」

「ぼくじゃなくて留守番電話が出たから、わかんない。メッセージ、聞いてみようか？」

ケンジはしゃべりながらタッと走ってキッチンの棚の電話のボタンを押した。

自分でやるからいいよ、と言うひまがなかった。おせっかいめ。

……真名子《まなこ》サン……。

うるさく列車の発車の電子オルゴールの雑音が入っていた。きっとどこかの駅からかけたんだろう。

……サクマリュウイチです。話したいことがあるので、帰ったらボクのケータイにコールください……。

夏期講習の先生じゃなくてホッとした。

アイツなら、わざわざこっちから電話するまでもない。話したくないから会うのを避けているのがわかんないのだろうか。

わたしは録音をさっさと消去した。

「あれえ。リュウイチっておねえちゃんのカレシでしょ。ひゅーひゅー」

ケンジがひやかす。

ムカついたから、ケンジが笑い泣きしてせきこむまで脇腹《わきばら》をくすぐってやった。

夜。お父さんは家にいる。

会社から帰ってくると、居間でテレビゲームをする。ケンジはその横に座ってゲームの画面を見ていたり、今日の出来事をしゃべったりしている。

わたしはキッチンの小さいテレビでニュースを見る。お母さんのいない日はじゃまがなくていい。お母さんはいつもテレビに話しかけるから、アナウンサーの言っていることが半分しか聞こえないのだ。

お父さんのお気に入りは、電車を運転するシミュレーションゲーム。コントロールするのは、電車を推進させるマスコンとブレーキと警笛のボタンくらい。操作は単純だけど、制限速度やダイヤを守って駅にぴったり停止させるのが難しいらしい。テレビの画面には、運転手の視点で見える本物そっくりのコンピューターグラフィックスの風景が映る。だから本当に電車を運転している気分になれる。今日は山手線《やまのてせん》の区間が映っている。

敷かれたレールの上を走って、なにが楽しいのだろう。決められた速度、決められた時間、決められた停止線。

お父さん。以前は仕事が忙しくて帰ってこない日もあったのに、このごろは暗くなる前に家にいることが増えた。睡眠時間がたっぷりとれて元気になってもいいはずなのに、仕事が忙しかったときよりもなんだか疲れてみえる。

昔、お父さんは町一番の天文少年だった。中学生のとき、買ってもらったばかりの望遠鏡を自転車にのせて、三十キロも離れた山のほうまで星をひとりで観《み》にいったことがあるという。夢中になっていて、気づいたときには真夜中だった。真っ暗な田舎《いなか》道は目印も人の通りもなく、とうとう迷って帰れなくなってしまった。お父さんは山のふもとのおそば屋さんに事情を話して、心配していた家族に電話をさせてもらい、一晩泊めてもらった。おそばも食べさせてもらった。そのそば屋のおじいさんには、いまでも年賀状を出している。

まだケンジが幼稚園に行ってなくて、会社が忙しかったころ、お父さんはわたしたちに言ってた。

「山の上の星はすごいんだ。いつかみんなで観にいこうな」

いつになっても「いつか」は来ない。

このごろお父さんが言ったことで覚えているのは、学校は教科書に書いてないことを覚えるところ、だ。でもこれはわたしたちじゃなくて、お母さんに言ったこと。お母さんは学校や教育の話が大好きだ。本を読んだり会合に参加したりして、そのての事情はなんでも知っている。だから、いまは時代が違うのよ、とお母さんに言い返されてお父さんは黙ってしまった。

そういえば、二年生になってから、わたしはお父さんとまともにしゃべったことがない。

「わあ、また再加速で減点だ。お父さん、時間切れになっちゃうよ」

ケンジに言われて、お父さんは子どもっぽいうなり声をあげる。

わたしはキッチンのテレビを消して、子ども部屋にもどった。

机に向かって読みかけの本を開いた。『母と子の心理学』。お母さんが持っていた本だ。

第五章・絵画療法――絵画から子どもの叫びが聞こえてきます。絵画療法は投影法の一種であり、自由な表現を通した私的世界の情緒的……読もうとしたけど、気がのらないのでやめた。

壁に向かって逆立ちをした。これ、わたしのストレス解消法。逆立ちをすると頭に血がのぼってイライラしそうだけど、意外とすっきりする。

ケンジの机とわたしの机が本棚を境にして並んでいる。今年からケンジの学習机が増えた分、部屋がせまくなった。整理ダンスは窓を四分の一くらいふさいでいる。残りの床は二段ベッドでほとんど埋まっている。

四角い家具ばかりだから、子ども部屋の空間の容積の計算がしやすそうだ。あとで量って、空気の体積を計算してみよう。体積がわかれば空気中の酸素の量がわかる。

たしか、二〇パーセントくらいだ。ニンゲンが一日に必要な酸素の量は……あとで図鑑で調べてみよう。そして、ケンジとわたしがいっしょに生活するには、この部屋では酸素の供給が十分ではないことを証明する……。

いきなりドアが開いた。

ケンジだ。

「おねえちゃん、パンツまるみえ」

「すけべケンジ」

逆立ちをやめた。わざとよろけてケンジの肩をぎゅっとつかんだ。

「重いよう」

「重くなんかない！」

「お父さんがそろそろピザ屋に電話したらって」

「なんでいつもわたしなの？」

「前にぼくがかけたらイタズラだと思われたじゃないか。お父さんは手が放せないし」

「ゲームしてるだけなのに」

「今度はコンティニューなしでうまくいってるんだもん。最高得点になりそうなんだ」

「たかがゲームでしょ」

居間に聞こえるように文句を言いながらキッチンへ行き、テーブルに宅配《デリバリー》ピザのメニューを広げた。まんなかに「当チェーンは有機栽培の小麦粉と国産チーズを使用しています」と書いてある。

「で、どれにするの。ケンジが食べたいのはなに」

写真のピザはチーズがジュージュー音をたてているよう。食欲を刺激されて、急におなかがすいた。だけど、見ているだけで胸がむかむかした。

日本の平均的な家庭が宅配ピザを食べる割合って、月に何回くらいなんだろう。

宅配ピザ協会——そういうのがあるかどうかわからないけど、もしあったら河野《かわの》家に表彰状をくれるべきだと思う。たぶん月に五、六度食べているはずだから。

お母さんが会合で夕食の準備ができないときは、宅配ピザか自然食の食堂のお弁当を食べる。近所の食堂のてんやものは、いつどこのどんな素材を使っているかわからないから、食べちゃいけないと言われているのだ。だから選択肢はふたつ。自然食の食堂までは自転車で片道十五分かかるし、出前のサービスをしていないので、どうしても届けてもらえるピザになる。

「ハムののってるやつがいい」

「わかった。それにトマトのトッピングでいいね」

「うん」

必ずトマトをつけるのは、お母さんとの約束だ。理由は、トマトは体にいいから。

受話器をあげて、プッシュ。

ピザ屋の電話番号は指が覚えている。きっと死ぬまで忘れないだろう。

『はい、ピザ・ファミリーです』

はい、うちもすっかりピザ・ファミリーです。

ピザが届いた。

食器棚から、ガチガチに重ねて押しこまれているお皿を出す。棚の半分はお母さんの買った本が詰まっているから、使いづらくてしょうがない。

お皿を動かしたら、棚のすきまから色紙が落ちた。まんなかに五百円硬貨が一枚はってある、結婚記念の古い寄せ書きだ。

五百円玉なんて、いまではぜんぜん珍しくないけれど、お父さんとお母さんが結婚した年は、最初に五百円硬貨が製造された年だった。披露宴に来た友だちが、出回りはじめたばかりの五百円玉をお祝いにはってくれたのだという。

ふたりの結婚の記念品なのに、お母さんはなんでごちゃごちゃした食器棚なんかにしまっておくんだろう。昔のものだから、どうでもよくなっちゃったのかな。

色紙のまんなかの硬貨を見ていたら、色あせてカパカパになったテープをはがしてみたくなった。

「だめだよ」

ケンジがいつになくきつい声で言った。

「ちょっと触っただけだよ」

色紙を本のあいだに押しこんで、扉を閉めた。

「お父さん、ピザがきたよ」

おう、という返事があった。

ケンジはその場で作詩作曲したでたらめのピザの歌をうたいながらテーブルを拭《ふ》い

た。

おいしいピッザァ

だいすきピッザァ

まいにちたべてもうれしいなあ

――冗談じゃない！

「アンタね、いくら無農薬野菜を使ってたって、こんなもんばっかり食べてたら早死にするんだからね」

「ぼく平気。毎日お母さんのスペシャル健康ジュースを飲んでるから」

「わたしあんなげろジュース飲むのは死ぬほどいや。飲むんだったら死んだほうがまし」

「ふーん。死んだことないくせに」

お皿とフォークを並べてピザの箱を広げて席についた。待っているのに、お父さんはあらわれない。声をかけても返事ばかりだ。

「ピザがさめちゃうよ」

わたしがテレビの前に立ちはだかると、ようやく一時停止ボタンを押した。こういうの、ぜったい親子の立場が逆転している。

お父さんは大あくびをしながら言った。

「おねえちゃん、なにか欲しいものあるか」

「なんで」

「もうすぐ誕生日だろ」

そうだった。お父さんがわたしの誕生日を覚えているとは、意外。

欲しいもの。それは、自分だけの部屋。でも無理だ。この3DKの社宅に住んでるかぎり、言うだけ無駄。

「プレゼントはなにがいい」

「……お金」

「お金をなにに使うんだ」

「わかんない」

お父さんはたらたらキッチンへ行きながら愚痴をこぼした。

「欲しいものがカネだなんて、夢がなさすぎる。世の中なんでもカネカネカネか」

「あとで欲しいものができたときのために貯金しておくの。だからお金」

お金さえあればたいがいのものは手に入る。宅配ピザみたいに選んでちょっと待つだけで。

「貯金ねえ。ほんとうにいま欲しいものはないのか」

「べつに」

「誕生日のプレゼントっていうのは記念品なんだから、形の残るもののほうが」

「お金がイチバン」

「そうか。お金がイチバンか」

お父さんは話を続けるのをあきらめた。

じゃあ、お父さん。もしもわたしがお金で買えないものを欲しいと言ったら、お父さんはプレゼントしてくれるワケ？

子どもじみたことを言ってみたかったけど、やめた。ケンジが話しかけたから。

ピザを食べおえるころ、お母さんが帰ってきた。

玄関へ迎えにいったケンジになにか話しかける。キッチンに入ってきてお父さんに遅くなってスミマセンと言う。謝るのなら遅れなきゃいいのに。そして、ナントカ先生の『親子対話論』とか『子どもの気持ち教えます』とかいう新刊本を食器棚のなかに押しこみながら、お母さんはわたしに言う。

「お風呂、沸かしてくれる」

わたしはまだ「おかえり」って言ってない。まあいいや。返事のかわりに背中の壁のスイッチをピッと押す。指一本でお風呂。なんてベンリなヨノナカでしょう……。

6

いつもより三十分早い電車に乗ったら、とても混《こ》んでいた。ゆううつな色のスーツを着ているおじさんたちに埋没しているだけでも不愉快なのに、チカンにあった。

なんでわたしなの？

なんで、そういうことをするの？

とっさに、おしりを触っているだれかの手の甲を、つめをたててつねった。指が折れそうなくらい力を入れたから、そうとう痛いはずだ。

でも、そのくらいじゃ許せない。なんにも迷惑をかけていないわたしに、理由もなくいやな思いをさせる権利がだれにある？

警察に突きだすつもりだったけど、指を緩めたとたん手に逃げられた。犯人は良識人ぶっている大人たちのなかに隠れてしまった。

触られた部分とつねった指先に、ゾッとするけがらわしさが残った。いますぐ消毒したい。電車ごと、消毒液につけてほしい。

二年後、こんなチカン電車に乗って通学しなくちゃならないのなら、志望校を変えたほうがいいのかもしれない。

わざわざ早い時間の電車に乗らなければよかった。今朝、わたしはお母さんにウソをいって家を出てきた。授業時間前にG高の図書館を利用したいから早く行くって。本当の理由は、ユウキたちと同じ電車に乗りたくないからだ。ケンカしたわけじゃない。ただ、しゃべるのがめんどうだから。会えばすぐ、きのうも講習をサボったことを聞かれる。わたしはうまく説明する自信がない。説明したところで、ミサがゆがめた解釈をする。残酷な笑い話ですまされるだろう。どうせ講習へ行けば会うんだけど、通学するあいだだけでも時間をのばしたかったから。

明け方見た夢で、わたしは古ぼけた柱時計の姿をしていた。古道具屋さんで売っているような、箱型の振り子時計だ。

大きな振り子は規則正しく二拍子で揺れる。ゼンマイはだれかが巻いてくれる。油を差して、文字盤を磨いてくれる。なのにわたしは毎日さびついていく。からだじゅうがキシキシ痛む。それとも部品が足りないか、設計図の歯車が違っていたのかもしれない。

止まってしまったら、どんなに楽だろう。でも、時計は動かなくちゃ意味がない。一秒一秒を刻まないとあしたはやってこないから、わたしはせっせと動いてる。でもね、多少狂ってても止まってても、やっぱりあしたはちゃんとやってくる、と心のすみでは気づいてた……。

G高校前駅。改札口へ行く人の流れからはみださないよう、わたしはじわじわと階段をのぼった。古生代、魚の一部は進化して陸の生き物になった。人間には、その昔、回遊魚だった記憶があるのだろうか。回遊魚のなかには流れに乗るのがへたな魚もいるだろう。きっとわたしの遺伝子にはそんな不器用な魚の記憶が混じっている。

苦しいくらいのニンゲンの群体が、暑い、汗だくの毎日に飲みこまれていく。

大人たちは、こんな汗くさい海流のなかでどうして行き先を見失わないんだろう。改札機を抜けたとたん、サンゴの森の魚のように右へ左へすいすいとぶつからないで散らばっていく。わたしは流れに押しだされて、違う出口へ行きそうになる。

駅からのびたG高通りは、二年たったら毎日歩くかもしれない道。

今日は、ちゃんと行く。家を出るとき自分自身と約束した。なのに、G高校へ向かう足はだんだんさびついてくる。校門が見えてくると、反発する磁石みたいにくるっと向きを変えたくなる。

やっぱり、ひとりで来たのがいけなかったんだろうか。ユウキたちがいれば、同じ足並みで昇降口まで行けたかもしれない。

息苦しいのはG高校の建物のせいだろうか。胃の後ろが重くなるのは、勉強したくないせいだろうか。

ちがう。不安になるからだ。これからのことを考えるとじっとしていられない。見えない将来のことを考えると吐き気がする。

今日が終わらないと未来はやってこない。未来のために今日を使う——この夏、わたしがここでつぶして搾《しぼ》ってどろどろのジュースにしたものが、はたして未来の栄養になるのだろうか。ストップ。なにも考えないほうが利口だ。思考の蛇口をキュッと締めよう。でも、あとからあとからじわじわもれだしてしまうものは、防ぎようがない。

わたしは正門をくぐった。心臓が突然、存在を主張するように早く打ちはじめた。構内はまだ人影まばらだ。昇降口はしんとしている。踏みだすごとに足の運びは速くなる。花のない花壇と来客用の駐車場と広いグラウンドの横を足早に通りぬける。そして、まっすぐ裏門へ走りぬけた。このレースのゴールはひとつ。あらかじめ訪問を約束していたように、奥窪《おくくぼ》医院のあった庭は、わたしを待ち受けていた。

三度目になると、罪悪感は薄れるものだ。こういうことが重なって、悪い人間ができていくのかもしれない。

無風状態。

しわをピンとのばされたシーツが、じっと息を詰めたように下がっている。ようやく揺れが止まったところ。少し前まで洗濯物を干したときの振動でゆらゆらしていた。

ローニンセイはきのうとまったく同じに、エンガワに腰かけて仕事の成果をながめた。

タオル、シーツ、ゆかた。洗濯物はぜんぶきのうと同じもののようだ。毎日洗わなくたっていいのに。おじいさんはよほどの潔癖性なんだろう。それにくらべて、エンガワやお座敷のほこりっぽさったら。

ローニンセイはカナダライとセンタクイタを片づけると、言った。

「そんじゃ」

「うん」

わたしはエンガワに座ったまま、うなずいた。それだけで通じた。たぶんローニンセイは今日も北側のお座敷でせっせと勉強するのだろう。

わたしは庭をながめている。

セミが鳴きだした。

今日はべたっとした蒸し暑さだ。洗濯物は動かない。

繁《しげ》ったサクラの木の影が短くなっていく。

汗がつうっと背中を流れた。頭のなかを真っ白にして、気持ち悪さを忘れる。

わたしは帆船にいる。こちらは無風で波もおだやか。

G高のチャイムが鳴った。腕時計を外しているから何時間目のチャイムかわからない。注意してみると廊下の窓に人影がうつる。休み時間だ。

二年たったら、わたしは完全にあのなかの住人になる……のだろうか。

ぞっとした。

二年たったら巨大な幽霊船のなか？

また、チャイムが鳴った。授業が始まる。

ユウキとミサはおしゃべりをやめて席についたかな。ナツミの机の上はノートもエンピツも準備万端になっているのかな。

——わたしは、ここでぼんやりしていていいのかな……。

エンガワからぴょんと下り、考え直してまた座った。

ううん。講習の先生は、わたしの顔なんて忘れてしまっただろう。最初からだれもいない席のようにふるまうんだろう。人の一生にくらべたら、たった二週間の夏期講習くらいたいしたことじゃない。どうせいちばん最後のゴールは同じなんだもん、悟った者勝ちだ。

バッグから本を出してひざの上にひろげた。読みかけの『母と子の心理学』だ。なにかに没頭していれば頭のなかの不安は消える。

ページをめくろうとしたとき、つめのあいだに薄く血がにじんでいるのを発見した。電車のなかのだれかの血だ。

泣きそうになりながら、庭の水道を勝手に借りて手を洗った。一万回くらいこすって、ようやくけがれが流れ落ちたような気がした。

「おーい。お昼になったけど」

お座敷のほうから声がかかった。

本を片づけた。難しいところは飛ばしたから、ほとんど読み終わってしまった。午後はなにをして過ごそう。きのうみたいに、ぼーっと庭を見ていようか。

わたしは玄関に回って、靴下を脱いで家にあがった。古めかしい北向きの台所はクーラーがなくてもひんやりしている。かすかにコーヒーの香りが残っていた。

「おじいさん、今日も外出？」

「ま、そんなところだね」

ローニンセイの出してくれた麦茶は、着色料と調味料をたっぷり使ったもので、うちのお母さんが分類すると食品じゃなくて毒になる。だけど、つがれたものはありがたく飲んだ。冷たい麦茶ですうっと汗がひく。

きのうと同じように、年季の入ったダイニングテーブルに向かい合って、ローニンセイはカップのヤキソバ、わたしは持ってきたお弁当を食べた。きょうはお母さんが出かけないから、お弁当を作ってもらえた。

「保存料ゼロでママ安心」のお弁当用冷凍コロッケ。同じく頭の良くなるＤＨＡ入り冷凍白身魚のフライ。同じく冷凍ホウレンソウソテー。ミニトマト。ビタミンＡ強化の卵をつかった厚焼き卵は、火加減に失敗しておコゲの年輪がついている。カルシウムとビタミンＢ群を増強した緑黄色野菜のふりかけが、おじいちゃん家《ち》で作ったコシヒカリの上にかかっている。

コップが空になると、ローニンセイはもういっぱい麦茶をついでくれた。

ローニンセイはあっというまにカップヤキソバを食べてしまうと、物足りなそうにはしを持ったままわたしをじろじろ見てた。食べるのを見られていると、お作法をチェックされているみたいで落ちつかない。わたしはゆっくり食べなさいとお母さんにいつも言われてる。

「そういえば、私服だからすっかり忘れてたぞ。チューガクセイはＧ高の夏期講習に来てるって言ってなかったか。授業はどうした？」

聞かれたくないことをズバリ聞かれた。でも、今日のわたしは動じなかった。

「ちょっと、息抜き」

「チューガクセイのくせに息抜きだあ？　そういう甘えは堕落のはじまりだぞ」

ローニンセイはぜんぜんお説教の口調じゃない。言葉とは裏腹に、褒められているようでおかしかった。

「疲れちゃったんだ」

「最近のワカイモンはなっとらんのお」

ひょいっとコロッケを盗まれた。ローニンセイはずっとわたしのオカズを狙《ねら》っていたんだ。言ってくれればわけてあげるのに。

「おぼれかけていたら、ここの庭の洗濯物に助けられたの。白い帆船がやってきて……」

「なんの話だ？　助けにくるのは白馬に乗った王子だろう」

「おうじぃ？」

「きみくらいの年のコって、そーゆーのをまだ信じてるんじゃないか」

「そんなバカに見える?」

「あ、ごめん」

「………」

謝るってことは、肯定したことだ。

にらむと、ローニンセイはひょうきんな声をたてて笑った。

「とにかく、わたしには休養が必要だってわかったの」

「結局サボる口実だろ。ま、いいさ。勉強なんてしょせん自己満足の世界だから、やりたくないときゃ、やらなくていい」

「それ、じつは自分を弁護してるんじゃないの?」

「ばれたか」

つっこみを入れられて嬉《うれ》しそうな顔。

「ごちそうさま」

お弁当箱を片づけおわると、「はい、これ」と、ローニンセイに麦茶に使ったコップを渡される。洗えってことだ。やって当然のように渡されるのが気にさわる。でも、しょうがないからコップくらい洗ってやる。きのうもわたしが洗った。

「それじゃ、また」

ローニンセイはお座敷にもどろうとした。今日も畳の上でスリッパをはいている。

「ねえ、このごろ家のなかのお掃除をしてないでしょ」

「あんまり」

「ぜんぜん、でしょ」

「ぜんぜん。めんどうで」

「手伝おうか」

「あー、そうだな。でもー」

遠慮がちにチラッとこっちを見る。期待した目つき。

「いいよ。わたしひまだから」

「ラッキー。廊下と台所だけでいいから」

そして、どたばたと大掃除が始まった。

電気掃除機がないせいで、ホウキとハタキが大活躍した。慣れない道具でおたおたしたから、エンガワと廊下と台所に固く絞ったぞうきんをかけたところで、講習が終わる時間になってしまった。掃除道具を片づける。

わたしがせっせと動いていても、ローニンセイはいちども北のお座敷から出てこなかった。わりと集中力はあるらしい。

「お勉強中、おじゃましまーす」

ふすまを開けると、ほこりっぽい畳の上に分厚い本が数冊。勉強じゃなくて本を読んでいたみたい。

ローニンセイの肩ごしに文机の上のひらいたページを見ると、印刷した本ではなかった。そこには万年筆の細かい字が書きこまれていた。字の雰囲気から、本人の書いたものでないのは確かだ。

「あー。ひとの日記を読むなんてイヤラシイ」

「おれもそう思うよ」

ローニンセイは悪びれもせず本を閉じた。革の表紙には金の文字で日記と記されていた。

「洞察力に長《た》けていると、いい奥さんになれないぞ」

「おおきなお世話」

ローニンセイはわたしの腕時計を見た。

「もうこんな時間か」

「帰る前に、洗濯物を取りこもうか？」

「それはおれがやる」

ローニンセイは目を細めて午後の陽射《ひざ》しのなかに飛びだし、アイロンをかけたようにぴしっとのびたシーツをくしゃくしゃに丸めてエンガワに投げこんだ。

「しわになるよ」

「いいんだ」

ゆかたもタオルといっしょに丸める。

「な、この花知ってるか」

ローニンセイに呼ばれて庭におりた。ローニンセイは伸び放題の雑草と鮮やかな色の花の中に立っていた。

「甘いんだ」

サルビアのことだ。真っ赤なペンのキャップみたいな花の付け根に蜜《みつ》がつまっている。

ローニンセイは花をぷちっとちぎって口に運んだ。

「甘いよ」

わたしは遠慮しながら花を摘んだ。

花弁の付け根を吸うと、ツッとほんの少し蜜が出る。サルビアはハチミツの味。

「うん、甘い」

「だろ」

ローニンセイは次々と花をちぎって蜜を吸った。

上から順に花を摘まれて、サルビアは同じ色のガクだけになってしまう。地面にどぎつい血の色の花が散らばる。

「花がかわいそう」

「いいんだ。うちのだから」

なんの罪も感じないようすで、ローニンセイはサルビアをぜんぶむしってしまった。

「この庭、好きか？」

わたしはうなずく。

「そうか、よかった。おれは嫌いだ」

わたしは返す言葉に困った。

ローニンセイは大きく伸びをしながらエンガワにもどり、庭を敵のようににらんだ。と思ったら突然笑いだした。なにを考えているかわからない。サルビアに悪い蜜でも入っていたのか。

「どうしたの」

「どうもしないよ」

G高のチャイムが鳴る。

いけない。講習生が学校を出る前に駅へ行かなくちゃ。友だちに会わないように一本先の電車で帰りたい。

バッグをつかんだ。

「帰る」

「あ、そう」

そっけない。

「おじゃましました」

門のほうに五歩歩いたところで振り向いた。言い残したことがある。

「ねえ。きのうのお昼にローニ……奥窪さんが話したパイナップルの木のことだけど」

「ソテツだ」

「なんだ、名前、わかったの？　図鑑で調べたから教えてあげようと思ったのに」

「チューガクセイが帰ったあと、突然思い出したんだ。ソテツだった」

門の両脇《りょうわき》には立派なソテツが生えている。ローニンセイはそのソテツのことをずっとパイナップルの木だと信じていた。小さいころ、夏になるとパイナップルがなるんじゃないかと楽しみにしていたって。言われてみると、ソテツのとげとげした葉や毛だらけの茶色い幹はパイナップルのイメージに合う。

「バイバイ」

「ああ」

門を出るとき振り返ったら、ローニンセイは苦しそうに両手で顔をおおっていた。

「あの……」

目が合った。

「またあした」

ローニンセイは取り繕うようにニヤリと笑う。だけど、おびえたウサギのような目はごまかせない。

どこかへ行っていた不安が、わたしの胸にざぶんともどってきた。

7

人ごみに埋もれると、わたしはサメ人間になってしまう。体は透けてしまうのに、空気のように軽くない。重たくて、冷たくて……動いていないと息苦しくて死んでしまう、湿ったサメ人間だ。

駅前のにぎやかな通りを歩きながら、わたしはすれちがう人をだれかれかまわずばったばったと切り倒すところを想像した。時代劇に出てくる何人斬《き》ってても刃のこぼれない丈夫な日本刀を振りかざし、雑草を薙《な》ぐように突き進む。機関銃でもいい。古いギャング映画のように、車の窓から身を乗りだして景気よくマシンガンをぶっぱなして町なかを走りぬける。窓ガラスは砕け、壁は崩れ、ドミノ倒しのようにばたばたと死体が転がる。火薬のにおいが消えるころ、町には静寂がおとずれる。

できることなら、やれるものなら、世界をぶち壊してしまいたい。そして、おしまいにわたしも消える。ジ・エンド。家族も友だちも学校も将来もわたしのいる意味も、すっかり消えてしまえばいい。

なぜ？　答えはいらない。無意味なものだから。わたしが無意味なのと同じくらいすべてが無価値だから。わたしがここにいなくても世界は動いていく。だれかがひとりいなくても、世の中は変わらないだろう。無駄なものは切り捨ててしまえばいい。ぜんぶ壊れてしまえばいい。

人ごみで孤独を感じるとき、たいていそんなことを考えて、わたしは家に帰る。空想するのは自由。

ただいまを言って、お母さんと目を合わせないようにさっと子ども部屋に入った。ケンジはまだ帰ってなかった。

わたしはケンジの本棚から百科事典を出した。春におじいちゃんが贈ってくれた本棚の重りになるような本。ケンジのものだけど、読むのはわたしだ。天体の項をひらく。

超新星爆発。星は、壊れるときに凄烈《せいれつ》に耀《かがや》く。群青色のもやのなか、白とピンクと紫がせめぎあっている。宇宙望遠鏡の鮮やかな写真。

夜空に忽然《こつぜん》とあらわれた未知の星。昔の人は、それを新しい星の誕生とかんちがいした。だからいまでも新星と呼ばれている。その正体は死にゆく星。均衡をくずして大爆発をおこして、星を形成していた物質は宇宙に散っていく。

生まれたものは必ず死ぬ。粉々になった星のかけらは宇宙に散って、いつか別の新しい星になる。だから、完全な終末ではない。魂みたいにめぐりめぐっていく。

わたしが死んだら、なんになるんだろう……。

窓を開けて、ケンジの双眼鏡で月を見た。もやのせいでクレーターはぼんやり見える。

天文少年だったお父さんは、ケンジにも同じ趣味を持ってほしいらしい。だけどここでは星が見えない。双眼鏡をのぞいても、月のアバタと向かいのマンションが見えるだけ。

ミルクのような天の川。流れ星の雨。明け方の淡い彗星。お父さんの思い出話だけでは、ケンジは天文少年になれないだろう。

お父さんの田舎《いなか》に行ったとき、お父さんが若いころに撮った星の写真が部屋にたくさん飾ってあった。最近わたしはおじいちゃん家《ち》に行ってないから確かめていないけど、きっといまでもあるんだろう。ケンジが帰ってきたら、聞いてみよう。

ケンジのイスに座る。低くて窮屈だ。ケンジの机のひきだしを開ける。らくがき帳があった。ケンジのクレヨンを使って、ケンジのらくがき帳に絵を描《か》いた。

　全部をもとにもどしたとき、部屋にお母さんが入ってきた。

とうとう夏期講習のことがバレたのかとドキッとした。でも、おとといほどじゃない。

「なにか用？」

「ちょっと。ケンジがちゃんと宿題をやっているかどうか見にきたの」

よかった。お母さんにバレてない。でも、なにか言いたそうな顔をしている。

お母さんはケンジの机のひきだしを開けた。わたしがいないときは、わたしのひきだしをあさっているんだろうな。

「ケンジはまだ帰ってこないの」

「英会話教室。先生の都合で今日はいつもより遅い時間なの。困るわよね。個人の教室より大手の教室のほうがよかったかしらねえ」

お母さんは学校の課題のノートをめくり、褒めるように小さくうなずいた。それからくがき帳をひらいた。ページを埋めるのはヨロヨロした線ばかり。つまらなそうにめくっていくと、途中で手がとまった。サッと顔色が変わる。

「あの子……」

「どうかした？」

「なんでもない」

お母さんはふつうを装って、ケンジのイスに座った。らくがき帳を手にしっかり握りしめたままだ。

「真名子《まなこ》は、友だちいるんでしょ？」

「いるよ」

「最近、あんまりお母さんに話してくれないから」

「べつに。話すこと、ないもん」

うっとうしい。勉強するふりをすれば出ていってくれるかも。わたしは参考書をひらいた。

「もう中二だもんね。お母さんに話すこと、ないのね。思春期の子ってむずかしいわ」

思春期という言葉は嫌いだ。なんだか、シュンっていう響きがイヤラシイから。

「真名子はしっかりしてるから大丈夫だと思ってる。でもね。もし、なにかあったら、ひとりで悩まないで話してちょうだいよ」

「うん」

「お母さんがいるんだから」

「うん」

なんだろう。『中二の夏に気をつけろ』……か？　そんなに心配なら、全国の中学生から「夏」を取り上げちゃえばいい。

「このごろ元気ないみたい。悩みがあるんじゃない？」

「ぜんぜん」

「ほんとう？」

「なーんにも」

お母さんに話せるような悩みなんて、悩みのうちにはいんない。それに、うっかり相談なんかしたら、どこかの研究会のサンプルにされるかもしれない。

「ほら、やっぱりなにか言いたそうな顔」

「わたし、いま忙しいの」

「……思春期ってむずかしいわねえ」

お母さんはケンジのらくがき帳を持って部屋を出ていった。


今日の夕食はお父さんが残業でいない。珍しいこともある。

おかずは簡単な炒《いた》めもの。通信販売で取り寄せた有機野菜と清潔で安心なお肉を無添加で減塩の炒めものソースで味付けをする、いつもの手抜きの料理。でも文句は言わない。宅配ピザよりはましだから。

食事のあいだ、お母さんはちらちらとケンジの顔色をうかがっていた。ケンジが英会話教室の話をしているのに、見当違いのことを訊《き》く。熱心にあいづちをうっていても、お母さんの会話がかみ合わないのはよくあることだ。ケンジは気にせずおしゃべりをした。わたしはテレビのニュースを見ながら食べた。食事が終わると、お母さんはテーブルをさっさと拭《ふ》いて、ケンジのらくがき帳を置いた。

「あ、ぼくの。勝手に机から出したの？」

「ごめんね。あのね、この絵はいつ描いたの」

お母さんはマッスグの練習のページを飛ばして、クレヨンの絵のページをひらいた。

家族の絵だ。灰色の顔をしたお父さんはテレビのなか。紺色の服をきたお母さんは、体が玄関のドアの外へ出ている。両手をもぎとられて血をしたたらせているわたしと、全身スペシャル健康ジュースの色の小さな弟は、キッチンのすみにいる。テーブルの上には巨大なピザ。どす黒い煙をたてている。窓の外には枯れた木が見え、黒い鳥がとまっている。暗くて気持ち悪い絵だ。

「ぼく、知らない」

ケンジはわたしを見た。

お母さんは真っ赤になった。

「おねえちゃんのいたずら？」

「なんで決めつけるの。ケンジがウソをついてるかもしれないでしょ」

「さっき真名子の机に心理学の本があったわね。お母さんをだまそうとしたの？」

本には、心に深い闇《やみ》を抱えこんでいる子は非常に暗い絵を描くと書いてあった。

「ちがう。冗談だもん。わたし、お母さんのことをだませると思ってないよ。お母さんは研究会や会合で勉強しているんだから、なんでも知ってるじゃない。自分の子どもの心理状態くらい、机のなかをこっそり見なくてもよーくわかってるでしょ！」

声が大きくなってしまった。

「おねえちゃん」

ケンジの不安げな声に、お母さんは笑顔でやさしく解説した。

「大丈夫。おねえちゃんはね、反抗期なの。これは大人になるひとつの過程なの。だからケンジが心配しなくていいんだからね」

「分析なんかしないでよ」

イライラした。

それ以上キッチンにいると頭が爆発しそうだったから、子ども部屋へ逃げた。

壁に向かって逆立ち。

スカートがばさっと顔にかかった。

ドアが開いた。ケンジの声。

「うわ。またパンツまるみえだ」

わたしは逆立ちをやめず、スカートのカーテン越しに言った。

「うるさい。ノックぐらいしなさい」

「なんで」

「わたしの部屋だから」

「半分はぼくの部屋だもん」

「わたしはオンナなんだよ」

「だから？」

「…………」

わたしが男だったら、だれかさんは生まれてこなかったんだよ。


あの夏。

お母さんのおなかが大きくなったから、わたしはおじいちゃん家にあずけられた。

お母さんは赤ちゃんを産まなくちゃならないし、お父さんは仕事が忙しいからわたしの世話をできない。それで夏休みになると田舎のおじいちゃん家にあずけられた。

おじいちゃん家にはおもしろいものはなかった。近所には一緒に遊ぶような子どももいなかった。家から持っていったお人形は、あの静かな家では不気味なだけだった。

おじいちゃんたちは、毎日まだ星が出ているうちに畑に行って、ユウガオの実を収穫する。早朝からの仕事のため、ふたりは長いお昼寝をする。田舎に来ても町の生活のリズムを守っていたわたしには、お昼寝は不必要。おじいちゃんたちが寝てしまうと、わたしは外に出て過ごした。

庭のほとんどはかんぴょうの八手《やで》で占められている。最初の日にかんぴょうの下をくぐって遊んだら、すごく叱《しか》られてしまったから、すみっこで静かに遊ぶ。

あるとき、庭のすみでアリを踏みつぶして遊んでいたら、おじいちゃんが裸足《はだし》で飛びだしてきた。まだお昼寝の時間なのに、どうしたのだろうときょとんとしていると、おじいちゃんは言った。

「由可利《ゆかり》さんはぁ、たいしたもんだ」

由可利というのはお母さんの名前だ。

おじいちゃんはたいしたもんだを繰り返して、しなびたジャガイモみたいにニコニコしながらわたしの頭をなでた。

「まなちゃんはねえさんになったど」

赤ちゃんが産まれたんだ。

病院にいるお父さんから電話がかかってきたらしい。

「弟のこと、大事にすんだよ」

おじいちゃんがとても嬉《うれ》しそうだったので、わたしも嬉しそうにした。ほんとうは妹が欲しかったのに。

「うん。まなちゃんはおねえちゃんだもん」

「そうだ、いいこだね。大事にすんだよ」

そのときから、おじいちゃんとおばあちゃんの話はあととりのことばかりになった。すっかり浮かれたふたりは、わたしの誕生日が近いことなどまるっきり忘れてしまった。その年わたしは、はじめてケーキのない誕生日を迎えた。

夏休みが残り少なくなって、お父さんが迎えにきた。赤黒く日に焼けたおじいちゃんとおばあちゃんの顔ばかり見て暮らしていたから、久しぶりに会ったお父さんは顔色がとても白くてかわいそうに見えた。だけど、お父さんは赤ちゃんのことをおじいちゃんにほこらしそうに報告した。

そのようすを見て、お父さんもお母さんもずうっとオトコの赤ちゃんを欲しがっていたのがわたしにもわかった。おじいちゃんもおばあちゃんもオトコのマゴが欲しかったんだ。

でも、そのときはまだ実感がなかった。電車に三時間とすこし乗って、ほんとうのおうちに帰って、お母さんに抱かれた小さな弟を見たとき、ハッとした。

わたしは用なしの子どもだったんだ、と。

8

庭にはきのうと同じように洗濯物が干されている。タオル、シーツ、ゆかた。庭についたとき、ローニンセイは道具を片づけるところだった。

「今日はきのうより遅いな」

「駅で、別れ話がもつれて……」

「は？」

わたしはエンガワに座った。指先でなでてきのうの掃除の成果を確かめる。ざらざらしていない。

「カレシと別れてきた」

「おまえ、チュー坊のくせに生意気だぞ。彼氏持ちだったのか」

ローニンセイはいかにもオジサンの言いそうなことを言う。子どもあつかいされるのはいやだけど、声が笑っているから許す。

「はっきり言うのいやだったから、ずっと会わないようにしてたのに……駅で待ち伏せされちゃって」

「好かれてるねえ」

「そうかな。アイツが意地になってるだけじゃないかな。自分が嫌われるなんて絶対に信じないようなタイプだから」

「いるいる。そういうやつはどこにでも」

ローニンセイは洗濯物を見て、笑った。

「嫌いだって思ってても、はっきり別れるのっていやだね」

「そういうもんか?」

「うん。ヤだった」

佐久間龍一《さくまりゅういち》。去年、講習で知り合った同い年の私立中のオトコのコ。中学一年生の参加者は少なかったから、すぐ顔を覚えた。話をするようになったきっかけは、休み時間に読んでいた本が同じだったから。話題になってた環境問題の本だった。わたしは環境問題に特別な関心があったわけじゃないけど、ほかに読みたい本がなかったから、お母さんの食器棚から選んだだけ。でも、リュウイチは違った。地球環境や世界平和や将来のことを真剣に考えていた。バカみたいに一生懸命なところは、尊敬できた。いまでは軽蔑《けいべつ》する。あいつは、大人のまねをしたがる子どもだった。口先だけの博愛主義者。

リュウイチの目標は一流の人間になることだ。有名中学の制服のエンブレムにホコリを持っていて、神様に特別に選ばれた人間だと思っている。この夏、リュウイチは講習会に参加していない。いろんな学校の生徒が集まるG高の講習は大衆向けだから、という。

「ひさしぶり、マナコ」

今朝、G高校前駅の改札口を抜けるとリュウイチがいた。はやりのスニーカーにヴインテージふうのジーンズにブランドTシャツ。ベルトに親指をかけてかっこつけてゆらゆら立っていた。おしゃれのつもりらしいけど、広い額の上にずらしたサングラスが最悪。

「驚いた？　連絡がとれないから、一時間前から張ってたんだ。夏期講習に行くはずだから、ここにいれば会えると思って」

「わざわざ？」

「迷惑だったか」

心外な顔をする。わたしが喜ぶと思っていたのだろう。

じゃまなところで立ち止まっているわたしたちを人の流れがよけていく。

いやだ、こんなところで話すなんて。

わたしはユウキたちやほかの知り合いたちに見つかりやしないかと、ひやひやしていた。

「待てよ」

「じゃまになるから、よけるの」

先に歩きだすとリュウイチは小走りに追いついて、わたしの前を歩いた。

リュウイチはいつも前を歩く。並んで歩いたことはない。そういうところ、嫌いだ。

通学路と違う路地で止まる。

わたしは黙っていた。

リュウイチは駅へ行く五、六人のサラリーマンを迷惑そうに見送って、ぐずぐずしたあとに言った。

「なんで電話をくれないんだよ」

「忙しくて」

「ざけんなよ。もうオレに会いたくないのか」

そうだよ、と言ってやりたい。

「そんなんじゃなくってえ」

あたりさわりのない言葉を探す。だめだ。見つからない。顔を見たくなくて、視線は路地のあいだをさまよう。

リュウイチは沈黙にたえられなくなって言った。

「やりかたが……ヘタだからか」

「なんのこと？」

「あ、あれだよ」

リュウイチはうつむいて耳をじわじわと赤くした。

「聞くなよ」

話が飛躍している。思い当たるのが、それしかないのだ。リュウイチにとって最重要課題だから。

ゴールデンウイークに会ったとき、わたしたちはキスをした。つきあって半年以上たっていたし、嫌いじゃなかったから、してもいいと思った。キスをしてわかったのは、わたしは考えていたほどあいつを好きじゃないってこと。それから、だれかとキスをしたくらいじゃ大人にはなれないってこと。

いつのころからか、わたしはオンナのからだになりはじめていた。変わりたくなくて、いつまでも子どもでいる方法を毎日考えていた。一方で、早く家を出ていきたくて、大人になる方法も考えていた。発育が遅くたって分類すればわたしはオンナだ。こればっかりはどうしようもない。だから、がまんしてオンナの役割を演じてみれば、多少は大人に近づけるかと思った。

だけど、あいつのドキドキで、ひいた。

ドラマでするみたいにわたしのあごを指であげようとしたけど、リュウイチは背が低い。長いあいだ硬直していた。たぶんイメージどおりにならなくてパニックしてたんだろう。わたしは笑わないようにするので精いっぱいだった。

コーフンしちゃって、ばかじゃない？

わたしがそんなことを考えながらキスしていたこと、リュウイチは知らないよね。

「わたしのこと好き？」

「だっ、だから、したんじゃないか」

恥ずかしそうに怒った声で言う。

本当はだれかとキスしたいから好きになったんじゃないの？

わたし、その瞬間、すごく意地悪な顔でほほえんでたはず。わたしってすごく冷たい人間だったんだ。

すべてを見通す目があったら、心のなかがわかってたら、わざわざウソをつかずにすむのに。わたしもリュウイチもばっかみたい。気づかなかった自分が情けないよ。わたしたち、ほんとうは、相手よりも自分のことが好きなだけだったんだよ。

ほんとうに大人になるってことは、年をとることだけじゃない。でも、やっぱり時間は必要だ。大人のまねをすればすぐにでも大人になれるような気がしていた。これは失敗。

「わたし、リュウイチと違って公立校だからさぁ、余裕がないんだ。もう二年だし、いろいろ考えなくちゃ。同じ高校に行けるわけないし、わたしなんかがリュウイチのじゃましちゃ悪いし……」

「なんだよ、それ」

「リュウイチは頭いいし、ルックスもいけてるし、家もお金持ちだし、すっごくオトナだし……わたしがどんなにがんばっても、追いつけそうになくて」

「ばかだな、無理に追いつかなくても」

「釣り合わないって気がついたから、会うのがつらいの」

「わかった」

きゅっと引いたリュウイチの唇が白くなった。

なにがわかったんだろう。わたしたちが釣り合わないってこと？　それとも、もう会わないって遠回しに言ったほう？　どっちにしてもわたしたちはこれでおしまいだ。

「引き止めてごめんな。講習がんばれよ」

「ありがと」

わたしはリュウイチのサワヤカな握手に応じた。

最後だからガマンしてリュウイチにカッコつけさせてあげる。

そう思っている自分が、とても醜くみえた。

午前中、きのうの掃除のつづきをした。いやなことを頭から追いだすために、なにかをしていたかった。

お座敷はやらなくていいと言われたけど、ローニンセイがいる北の部屋とエンガワに抜ける部屋を強引に掃きだした。ローニンセイに畳の上でスリッパをはくのをやめてほしいから。そしてわたしは靴下を汚す心配をしなくていい。

お座敷を追いだされたローニンセイは、台所で午前中を過ごした。勉強しないで、また例の日記を読んでいたみたい。部屋に勉強道具が見当たらないから、もしかしたら毎日勉強してなかったのかもしれない。ローニンセイなのに……ま、いいか。人のことを言える立場じゃない。

お昼休みは、コーヒーの香りがほのかに残っている台所で。ローニンセイはコンビニのお弁当。わたしはきのうと中身がほとんど変わらないお母さんのお弁当。作ったというより解凍したのを詰めたというほうが正しい。

もくもくと食べていると、ずっと昔からわたしとローニンセイはテーブルをはさんでいたような気がしてくる。他人なのに不思議だ。年季の入った台所のせいだろうか。

おじいさんは、朝早くコーヒーを飲んで出かけてしまうらしい。ローニンセイとこの家にはすっかり慣れてしまったけど、家主であるおじいさんとは、まだいちどもちゃんと会ってなかった。

どんなおじいさんだろう。

去年ちらっと見かけたときは、ガンコそうに見えた。お医者さまだから、穏やかな人柄だろうか。それとも患者を叱《しか》ったりするタイプだろうか。もしかしたら、菊《きく》ジイサンみたいに額に血管を浮きあがらせて……。

「なに、にやにやしてるんだ」

「ちょっとね。へんな人のことを思い出したから」

わたしは菊ジイサンのことを話した。

公園通りの菊ジイサンは、お母さんの入っている子どもと緑を培う会では有名人だった。要注意人物として有名なのだ。培う会では公園通りの花壇の管理者を毎年募集している。割りあてられた花壇には、花の里親の好きな花を植えていいことになっている。マンション住まいの人には、自分の花壇を持てるこの制度は好評だ。

公園通りに住む通称菊ジイサンは、菊花展に出品するような厚物の大菊が大好きで、庭にいっぱい植木鉢を並べている。そこで、毎年問題が生じる。里親たちの管理の悪い花壇のせいで害虫が発生し、ジイサンの庭の菊をだめにしたと会の事務局にどなりこんでくるのだ。

わたしは二年前にたまたまその場面に遭遇《そうぐう》した。

菊ジイサンは禿《は》げかけた頭に血管を浮きあがらせて、つばを飛ばしながらどなりこんできた。日焼けとシミとシワで妖怪《ようかい》みたいにまだらになった顔を真っ青にして、目を血走らせて、筋張ったのどをふるふる震わして、ただひたすら言いたいことをどなる。そして、十分もすると電池が切れたようにおとなしくなって帰っていく。

会の人たちは無農薬の崇拝者だから殺虫剤をまかない。好きな言葉は天然、国産、無添加、有機。それに、菊ジイサンのどなりこみは季節の変わり目の嵐のようなものだから、だれも本気で相手にしない。お母さんにとどく会の残暑見舞いハガキには

『そろそろ菊ジイサンの季節ですね』と書いてある。

菊ジイサンはとくにヒマワリを目のカタキにしている。ヒマワリがアブラムシを呼びよせると信じているからだ。

お母さんは、ほかの花の里親たちと同様にヒマワリが大好きだ。割り当ての花壇でお母さんが育てるヒマワリは、まっすぐに高く伸びててっぺんに一つだけ大きな花をつける。脇芽《わきめ》を摘むから、枝わかれしないでまっすぐに育つのだ。倒れないように支柱を立ててやると、木のように伸びる。どこの花壇よりも大きく伸びて、花のおもてが見えないほどだ。

「まっすぐが好きなんだよね、うちは。お父さんはレールの上を走るテレビゲームが好きだし、弟は毎日じょうぎを使わないでまっすぐな線を描《か》く練習をしているし」

「弟がいるのか」

「ケンジっていうの。まだ小一」

「へえ、年が離れてるんだな。そういえば、おねーさんって感じがするな」

「そう?」

よーく顔を見られて恥ずかしくなった。

よその人からもお姉さんらしいと言われるときがある。本当のわたしはぜんぜんお姉さんらしくないのに。

「なんでマッスグが描きたいんだ?」

「わかんない。なんか、こだわってんの。描けたら自慢できると思ってるみたい」

「ケンジに言ってやれよ。自然のなかに直線はないって」

「どういうこと?」

「自然のものはみんな曲線でできているんだよ。木だって草だって、よくみればまっすぐな部分はない。人間にも、動物にも」

なるほど。ローニンセイの言うとおりだ。

「じゃあ、マッスグは描けないのかな」

「どうだろう。存在するのと描けるかどうかは別のことだ。練習してみる価値はあるかもな。ケンジって、おもしろいヤツだな」

「しょっちゅう変身して遊んでる。外に出かけるときはグレイト・ケンジ・キングになったつもりでいる」

変身の仕方を教えると、ローニンセイはなんどもまねをしてひぃひぃ笑った。

「きょうだいがいると楽しくていいなあ」

「奥窪《おくくぼ》さんて、ひとりっこ？」

「ああ」

「奥窪さんのおじいさんは、どんな人？」

「…………」

一瞬、とても重い沈黙があった。

ローニンセイは喪失していた表情を無理してへらへら笑いに変えて言った。

「クソジジイ」

目が笑ってない。

そのあと、ローニンセイは居心地悪そうにして奥の部屋に閉じこもってしまった。

9

今日はひさしぶりの雨。わたしは夏期講習へ行く用意で家を出た。でも足はまっすぐあの庭へ向かってる。

去年、お母さんが選んで買ってくれた「中学生らしいカサ」は、紺と黄緑のギンガムチェック。めだつと盗まれるから、地味なカサだ。わたしは隣の売り場にあった明るい空色のカサが欲しかった。空色のカサなら、雨の日にも晴れた空の下にいるような気分になれそうだから。だけど、値札を見てあきらめた。「中学生らしいカサ」が三本買える値段だったから。

いま思えば、だだこねて買ってもらえばよかった。暗い色のカサをさしているから、雨の日はますます沈んだ気分になる。カサ三本の値段以上にきっと損をしている……。

きのうも夏期講習の先生からの電話はなかった。友だちからも、ない。

太陽系外へ旅立った惑星探査機がエネルギーを切らしてぷっつり交信を絶ったように、わたしは光の届かない受信圏外へ出てしまったのだ。


お父さんが子どものころ、アポロ11号が月に降りた。バイキング1号は火星へ行き、ボイジャー1号は木星と土星の近くへ行った。

昔はわくわくすることがいっぱいあったんだ。最近は、新しい彗星がやってきても、探査機が火星を這って調査しても、そこには電子顕微鏡レベルのわくわくしかない。わたしは図鑑を読んで彗星の正体がロマンチックなものじゃないことも知っているし、月や火星に宇宙人がいないことも知っているから。

ゆうべ、お父さんは久しぶりに星の話をした。ケンジがあそび塾で配っていた「夏の星空観望会のお知らせ」のプリントを持ってきたからだ。貸し切りバスで山へ行き、自然の家に一泊して、星を観《み》るというもの。参加者は小学生のみ。

星を観るより友だちと外泊するのが目的のようだけど、ケンジは行きたがった。

お父さんは行っていいと即答したあと、考え直してお母さんにも聞くように言った。当然、お母さんは眉を曇らせた。

「子どもだけなんてねえ」

「ぼく平気。みんな一緒だもん」

「外泊するのはまだ早いわ。ケンジは一年生でしょう」

「わたし、その年にはおじいちゃん家《ち》にひとりで泊まってたよ」

口をはさむと、お母さんはキッとにらんだ。

「おじいちゃん家と自然の家はちがうのよ」

「どうちがうの」

「家族と他人でしょ」

「おじいちゃん家はお母さんにとって他人の家でしょう。ヨメなんだから。昔、言ってたじゃない、他人とは一緒に住めないって」

「真名子《まなこ》!」

「わたしは何週間も他人の家にひとりぼっちであずけられた。ケンジだって平気だよ。ひとりじゃないし、たった一晩だもん」

「うん。ぼく平気!」

「いい経験になるじゃないか。施設の人や引率の大人がいるだろう。心配ない」

「でも、あなた……」

「行けケンジ。あとでヤダって言っても絶対行かせるぞ」

お父さんは珍しく意見を通して、しぶるお母さんから申込書をとりあげて、保護者の同意欄にハンコを押した。


雨は景色を変える。

ソテツには雨が似合わない。門から見た庭は、陰気でうっそうとしていた。ローニンセイはエンガワに座っていた。足元にセンタクイタとカナダライを立てかけて、雨の庭を見ている。その横顔にぞっとした。別人に見えた。いつも底抜けに明るくへらへらしてるくせに、今日はとても険しくてつらそうだった。

声をかけづらくて、帰ろうかと思った。べつに約束して来ているわけじゃないし……でも、ほかに行く場所がない。いまさら夏期講習へなんかもどれない。

「お、また家政婦が来たな」

門のところで立ちつくしてたら、見つかってしまった。カサに雨があたる音でわたしに気づいたんだ。目が合ったときには見慣れた楽天家の顔になってた。わたしは行き場所をなくさずにすんでほっとした。

　水たまりをよけながら、エンガワに近づいた。庭は、昔そこにあった建物の土台の形の水たまりを作りはじめている。ローニンセイはその跡をなんども目でたどっていた。

「あれぇ」

戸を開け放した家のなかを見ると、お座敷の梁《はり》と梁を結んだロープに洗濯物が干してあった。絞りきれてないシーツからしたたった水が畳を濡《ぬ》らしている。こんな天気の日に洗濯なんかしなくていいのに。それに、洗ってあるのはぜんぶいつもと同じものだ。

「また洗ったの？　きれいになってたのに」

「どうも汚れているような気がしていやだったんだ」

「一日くらい洗わなくたって」

「だめだ。だめなんだ」

ローニンセイは強い調子で言った。潔癖性なのはおじいさんじゃなくてローニンセイなのか。

エンガワは雨のしぶきがかかるので、家にあがった。家のなかは湿気とコーヒーの香りに包まれていた。今日わたしは一日を台所で過ごすことにした。

テーブルのすみで豊かな香りをたてているコーヒーメーカーに触れると、ほのあたたかかった。こんな雨の日も、おじいさんは朝から出かけたんだ。毎日どこへ行っているんだろう。どうしてローニンセイに日記を読ませるだけで、一緒の時間を過ごさないんだろう。

ローニンセイはいつものお座敷で日記を読んでいる。考え事をしているときもあるけど、いつのぞいても集中して読んでいる。まるで真剣な仕事をしているようだ。とても静かで、ページをめくる音しか聞こえない。

わたしはテーブルに夏期講習のテキストを広げた。なにかに集中していれば、めんどうなことを考えなくてすむ。目の前の問題を解いていれば、雨のうっとうしさはなくなる。でも、どれをやっても同じような問題ですぐ飽きてしまい、集中は続かなかった。

わたしはホウキを持ちだした。こんなときはじっとしているより、動いているほうが落ちつく。台所、廊下、エンガワ、洗濯物のお座敷とローニンセイのいるお座敷をザッザッと掃きだした。あっというまに終わってしまって物足りない。

「ねえ、今日は残りの部屋もお掃除していい？　どうせなら家じゅうを徹底的にキレイにしようよ」

「うん……」

背中に声をかけると、日記を読みながら生返事。

「じゃ、遠慮なく」

ローニンセイは三秒後に飛び上がった。

「待て！　そこはジジイの部屋……」

遅い。もうわたしは洗濯物をくぐって、勝手に奥のふすまを開けていた。

だれもいない。

長く、人がいた気配がない。

床の間のある昔ながらの八畳間のすみに、ぽつんと丸いテーブルがあった。そこにはフォトスタンドとふちいっぱいまでコーヒーを入れたマグカップが置いてある。

「ずいぶんがらんとした部屋」

「ジジイが……」

写真に目を落とすと、おじいさんが写ってた。

「……仏壇はいらないって」

わたしはギョッとして写真をとろうとした手を引っこめた。

「おじいさん、亡くなってたの？」

ローニンセイは消えてしまいそうな声で「ああ」と言った。

——ショックだった。

去年、庭で水まきをしていたおじいさんはもういない。とても元気そうだったのに。

「隠すつもりはなかった。言いにくくて」

「いつ」

「春先に。ジジイは……病院じゃ、好きなコーヒーを飲ませてもらえないと毎日ぼやいてたって……」

声は静かで、落ちついた顔をしている。けど、ローニンセイは猛烈に怒っている。

「おれは一度も見舞いに行かなかった。あいつのことだから死ぬはずがないって

「……」

「どうして怒ってるの？」

「怒ってなんかない」

きっと、あんまり腹をたてているから、態度にあらわすのを忘れているんだ。握ったこぶしが震えているの、気づいてないんだ。

「おれは怒ってないよ」

ローニンセイはそっと言葉を繰り返してやんわりほほえんだ。うそ笑いが上手だ。

「怒っているのを認めたくなくて笑ってるみたい。わたし……そういうの、わかる」

ローニンセイはますます嬉《うれ》しそうな顔をした。人の表情なんて、あてにならない。よく笑う人は要注意だ。だって、わたしがそうだもん。

「怒っているのもウソなんでしょう。怒りたいんじゃなくて哀《かな》しいはずなのに、哀しめなくて怒っている」

「へーえ。年のわりに達観してるね。そういうところ、おねーさんらしいよ。立派だ」

皮肉を言うときもニコニコしている。器用。ちがう、とても不器用な人なんだ。

「チューガクセイの推理は途中まであってる。だけど、最後はまちがい。おれは……」

ローニンセイは握りしめていた手に目を移し、開いた。

「おれはジジイに復讐《ふくしゅう》できなかったのが悔しいんだ」

軽くため息をつく。

「わりぃ、こんな話をしたってしょうがないな」

「話したかったら、かまわないのに」

ローニンセイは乱暴にかぶりをふった。

「きみに話して、なんになるんだ」

うんざりしたような、きつい声。

「ははっ。そうだよね」

——そんなこと、子どもなんかに話せないよね。

わたしは胸に突き刺さったものを笑いとばして忘れようとした。

部屋を出たローニンセイに続いて、ふすまを閉めた。滑りがわるくて力を入れたら、急に動いてバンッと大きな音をたててしまった。自分でびっくりする。

ローニンセイは洗濯物の向こう側へ行った。わたしはこちらにとどまった。

「どうして毎日洗濯してるの」

「さあ。ジジイのにおいを消したいからかな」

目の前に大きなシーツが下がっていてよかったと思う。お互い、顔を隠せるから。わたしがしがみついた船の帆は、故人のシーツだったのだ。この洗濯物は、わたしを助けてくれる船じゃなかった。死のにおいに満ちた……。

「ははは っ、気味が悪くなったか？」

喉《のど》を締めつけるような、鋭い笑い声。いやな笑い方。

「ぜんぜん、平気」

言葉を証明するように、洗濯物の向こう側に出た。

「無理すんなよ。ははっ、おれだって気味が悪いのに。こんなことを毎日やってる自分自身がさ。気をつけたほうがいい、うつるかもしれないから」

ローニンセイは肩に笑いをのこしながらあぐらをかいて日記をめくりはじめた。

声が途絶えると、家は急に静かになった。

雨の日の空気は重くて息苦しい。吸っても吸っても湿気ばかりが肺に入って、溺《おぼ》れてしまいそうになる。

わたしはローニンセイにどう接したらいいのかわからなくて、そのまま黙って逃げてしまった。

10

雨のなかをうろついて時間をつぶした。あてもなく歩いているのに疲れて、お昼過ぎに帰宅した。

お母さんは出かける用意をしていた。いいことだ。長く顔を合わせなければ、火ダルマになって、みにくい線香花火のように粉々に吹き飛んでいくのを想像しないですむ。ひとりになりたい。

「今日はずいぶん早いのね」

「おなかが痛くて」

「便秘？　生理痛？」

「……風邪《かぜ》だと思う。寝てれば治りそう」

お母さんはじろじろとわたしを観察した。

「あぁっ、スカートに泥のしぶきをくっつけちゃって。走ってきたの？　もう大人なんだから服を汚さないようにしなさいよ」

「はい」

わたしはぬれた服を脱いでパジャマを着た。お母さんの言うとおり、スカートには点々とシミがついていた。ホントに子どもっぽいと思う。子どもあつかいされてもしようがない。

顔を洗った。顔の皮がずるっとむけて、脱皮するみたいに大人になればいいのに。鏡に映るのは悲しげな子どもっぽい顔。

「いまから出かけるの？」

地味なお化粧。安物の化粧水が鼻につく。香水くらいつければいいのに。

標準的な格好。昔の優等生――つまり、ダサダサ。ブランドじゃない、スーパーの吊《つ》るし売りのニットスーツ。堅苦しくなくカジュアルじゃない、お母さんの制服みたいなもの。ニット素材を選ぶのは、スカートのウエストがゴムだから。

「ゆずりは絵本の友の会の会長さんのお宅でお茶会をすることになったの。遅くなりそうだから、先に勝手に食べてなさい」

「またピザ？　ケンジが喜ぶよ。このあいだ毎日ピザ食べたいってうたってたから」

「残念でした。炒《いた》めものがあるから温めて。ごはんは七時にセットしてあるから」

お母さんの手がわたしのおでこに触れる。

「熱はないわね。暑くてもちゃんとおなかにお布団かけてあったかくして寝てるのよ。気をつけなさいよ、年ごろなんだから。なにかあったら、ちゃんとお母さんに話すのよ。じゃ、行ってくるからね」

お母さんはわたしのカサをさして出かけていった。

階段をローヒールの靴音が下りていく。

完全に聞こえなくなってから、わたしは言った。

「話すのよって言われても、話すひまがないじゃない」


ベッドにもぐりこんだ。

枕《まくら》の位置が落ちついてまもなく、ケンジが社宅の友だちのところから帰ってきた。

わたしにはひとりでこっそり泣ける場所がない。大人になって家を出ていかなくちゃひとりの場所は手に入らない。大人になるころには泣き方なんて忘れてしまうのに。

ケンジはベッドのそばに寄ってきた。

「あれえ、どうしたのおねえちゃん」

「風邪ぎみ」

「大丈夫?」

額に小さな手をあてる。

「寝てれば平気だから」

目をつぶった。待っていても部屋から出ていく気配がない。目を開けると、ケンジの顔がすぐ近くにあった。

「あっち行っててよ」

「うん、でも」

ケンジは困った顔をする。こめかみの傷あとがほんのり浮きでてみえる。いやだ、こんなときにわたしの罪悪感を見せないでよ。

「なに。言いたいことは言いなさいよ」

「おねえちゃん、なんだか寂しそうだから」

「……な、なに言ってんの」

じわっと涙が出そうになった。でも、ぐっとがまんした。ケンジみたいな子どもになぐさめられてたまるか。ケンジなんかにわたしの気持ちがわかってたまるか。キミに話して、なんになるんだ！

い、い、い、い、

もしケンジが風邪ぎみだったら、お母さんは出かけなかっただろう。だから、わたしはケンジが嫌いだ。

「風邪のせいでそう見えるの。これ以上近くにいたら風邪うつしちゃうからね！」

わたしはケンジをくすぐって、子ども部屋から追いだした。

隣の部屋のゲームの音が気になる。

わたしはベッドのなかでラジオをつけた。

音楽番組でなつかしのアイドル復帰のニュースがとりあげられた。聖夜《せいや》クリスというグループだ。ぜんぜん知らない。いま聴くと、すごくハズカシイ歌をうたっていた。

ラジオを消した。わたしは目をつぶり、いろんなことを考えた。今日は心を整理しなくちゃならないことがいっぱいある。だけど、考えがまとまらない。

ときどきケンジがようすを見にきてくれる。

ケンジのやさしさは、わたしをイライラさせる。弟はとってもいい子なのに、それにくらべてわたしのしていることや考えていることは……。


夜。汗をびっしょりかいて、暑くて目が覚めた。ケンジを無視するために壁をむいて布団をかぶっていたら、いつのまにか眠ってしまったらしい。

お母さんもお父さんも帰ってなかったから、病気のふりをやめた。

起きてケンジとわたしの夕食のおかずを温めなおしていると、電話が鳴った。手が放せずにもたもたしていたら、自動的に留守番電話に切り替わった。

『……はあいユカリー。レーコよ〜ん、覚えてる？　さっきお店のラジオで聴いたんだけど、われらの聖夜クリスさまが復帰だってよ！　なつかしいわあ。元オッカケとしては、ほっとけないよね。おお、よみがえる青春の日々。トッコとミッチーにも連絡してみる。また一緒にライブで燃えようぜ……』

わたしは電話の前で呆然《あぜん》とした。

これって、まちがい電話じゃないかな。

再生してみる。

にぎやかにしゃべる人。

まちがいじゃない。ちゃんと、由可利《ゆかり》って言っている。とすると、お母さんの友だち?

お母さんにかかってくる電話はいつも子どもの○○の会や××教育研究会の、敬語を重ねてつかう教養あふれるオバさまタイプばかりなのに、今日はちがってた。

もういちど再生した。

オッカケって、芸能人が行くところにどこでもあらわれてキャーキャー追いかけ回している、あのオッカケ?

教育熱心な「ケンジくんのお母さん」はアイドルのオッカケ少女だったんだ。どうりでお母さんは昔の話をあんまりしないわけだ。学生時代の写真もほとんど見せてもらったことがない。思い出話ができないほどつまらない人生を送ってきたんじゃなくて、子どもの前でかっこがつかないから隠していたんだ。

――あんな人がアイドルを追いかけ回していたなんて……。

バカウケ。

わたしはほんとうにおなかが痛くなるほど笑った。

11

庭の洗濯物が風に揺れる。

古い木のてっぺんがサワサワと鳴る。

どこかでセミが鳴いている。

乾いた地面がじわじわと太陽を受け止める。

反射熱が空に放たれとけていく。

庭はけだるさのまじった八月の香りに包まれている。持ち主がだれのものであっても、やっぱりこの庭の洗濯物は気持ちよさそうだった。

カタンと音がした。振り向く。エンガワにローニンセイが出てきた。

「こんにちは」

ローニンセイは庭にいるわたしを見て驚いたようす。

「やあ。もう来ないのかと思った」

それはわたしも同じ。ここに来るまでずいぶん迷った。

会うのが怖かった。会ってみたら、気が抜けるほど怖くなかった。

「きのうは土曜だもん。夏期講習ないから家にいた」

「あ。そうだったか」

「夏休みボケだね」

「今日は？」

「日曜だから、遊びにきた。手ぶらで」

ほんとうは、きのうもずっと悩んでいた。出かける勇気がなくてだらだらしていたら一日が終わってしまった。気がつくと、ずっとこの庭のことを考えていた。

「遊びって、庭に？　そこ、暑いだろ。日陰に来いよ」

「なんでかな。家にいても落ちつかなくて」

エンガワに腰かけると、ローニンセイはちょっと離れたところにあぐらをかいた。

「ジジイの亡霊に呼ばれたのか」

「おじいさんに？　まさか。わたし、いちどちらっと姿を見たことしかないもん」

「なんだ、知り合いじゃなかったのか。てっきりジジイの古い患者かなにかだと……」

「ここ診療所だったんでしょ。外灯に看板が残っているけど、昔ってどのくらい前？」

「今年で十年。建物は閉院のすぐあとに壊した。そうか、看板が残っていたのか。すっかり忘れてたよ。あとで外さないと」

ローニンセイは改めてわたしを見た。

「それじゃ、エンもユカリもないきみが、なんで来たんだ？」

「校舎の窓から洗濯物が見えたの」

「洗濯物フェチなんて聞いたことないぞ」

「奥窪《おくくぼ》さんのほうが洗濯物フェチでしょ」

言い返したら、ちょっと傷ついたような顔。

「そうか。そうだな。気味悪くないのか」

「少し」

「正直でよろしい」

ふっと笑みがこぼれた。わたしも同じように笑い返した。

「庭に呼ばれたのかも。小さいころ、ちょっとだけ似たような庭で遊んだことがあるから」

「この庭と？」

「でも、よく考えると、雰囲気はぜんぜん違うの。あれは農家の庭だったし、もっといろんなものがごちゃごちゃしてて……」

思い当たるものがあった。

おじいちゃん家《ち》で過ごす毎日は、ちっともおもしろくなかった。おじいちゃんの仕事は同じことの繰り返し。ユウガオをむいて、干して、硫黄《いおう》で漂白して出荷する。次の日も、その次の日も。わたしも耳の後ろがちくちくするおばあちゃんの麦わら帽子をかぶって、納屋の軒先でせっせとどろ遊びを繰り返すだけ。

軒先には、ジュースのペットボトルでできたかざぐるまがあった。ボトルの横にカッターで切りこみを入れて羽根を作り、注ぎ口と底に軸を通し、大人の背丈ほどの支柱の先につけたもの。それは廃品利用と思えないほどピカピカ光ってかっこよかった。でも、ただの飾りではなくて、トリ避けとモグラ避けなのだ。陽《ひ》の光で透明な羽根がぴかぴか光るとトリがいやがって近寄らなくなるし、がらがら回る振動が地面に伝わってモグラが逃げていくという。稲が実るころ、かざぐるまをたんぼに立てるために、おじいちゃんはお昼寝のあとに少しずつ作っていた。わたしも作ってみたいとなんどもお願いしたけれど、指を切ったらたいへんだからだめといつも断られた。

わたしに許されていたのは、オンナのコらしい静かな遊び。納屋のはしの水道を使ってどろんこのおみそしるを作ること。庭のすみにちっちゃなスコップで穴を掘って、アリとセミの抜け殻と庭の花をちぎって水を流して遊ぶだけ。なにもしないよりはましだから、わたしは毎日どろんこおみそしるを作っていた。

風にゆらゆらしているかんぴょうカーテンの下をくぐったり、地面に敷いたわらを蹴散《けち》らして遊ぶのはとっても楽しかったけど、いい子じゃないって叱《しか》られるから……。

「洗濯物の下、くぐってもいい？」

「え？」

「落とさないようにするから、くぐって遊んでもいい？」

「……どうぞ」

急な申し出に、ローニンセイはとまどいぎみだ。

「では、走らせていただきます」

威勢よく立って、スタンディング・スタートのポーズをとった。

「いったいなんのまねだ」

「よーい、ドン！」

自分で合図。ダッシュ。まず、タオルの下をくぐった。そして方向転換してもういちど。次はゆかた。次はシーツ。

わたしは庭をいろんな角度で横切って、洗濯物の下をなんども行ったり来たりした。

すぐに、汗がぽたぽたしたたりおちてきた。

止まらない汗を手の甲ではらって、洗濯物に突進。ゆかたとシーツのすきま、タオルの下、思いっきりかがんでシーツの下。

炎天下。暑さと休み中の運動不足で息があがる。肺が焼けるように苦しくなって、涙があふれそうになった。

ふらふらになってエンガワにうつぶせる。

「楽しかったか」

「うん。ふうー、暑い！」

エンガワの木の板の冷たさを抱いてのびていると、ローニンセイは麦茶とコップを持ってきてくれた。

「いきなりなにをやるのかと思ったら」

ローニンセイは顔をほころばせて、自然と浮かれる声を抑えようと静かに言った。

「ガキだなあ。洗濯物くぐりなんて」

「いいの！」

「闘牛、いや猪突猛進だな。真剣で、すごく楽しそうで、見ていておもしろかった」

麦茶を飲んだ。お代わりをついでもらったらペットボトルはカラになった。

「このボトルもらってもいい」

「どうぞ」

「カッターとビニールのテープを貸してほしいんだけど」

「今度は工作でもはじめるのか」

「うん。針金とストローも。穴を開けるヤツとか」

「千枚通しのことか。探してみよう」

ローニンセイはあちこちのおしいれを開けておじいさんが使っていた工具箱を見つけてくれた。千枚通しはさびた釘《くぎ》やなにかのネジに埋もれていた。ほかの必要なものも揃《そろ》えてくれた。足りないのはビニールテープだけ。

「作るのに時間かかりそうか」

「どうかな。はじめてだから意外と手こずるかも」

「じゃ、買ってくるよ。散歩のついでに」

そこまでしなくてもいいと言ったけど、ローニンセイは出かけてしまった。

わたしは記憶を探って、ペットボトルの胴にカッターで切れ目を入れた。

ローニンセイはウソつきだ。

おじいさんが嫌いなら、どうしておじいさんの家に通うんだろう。日記を読むんだろう。おじいさんのゆかたを毎日繰り返し手で洗うんだろう。ほんとうに嫌いだったたら手なんかで洗わない。触りもしないはず。亡くなった人が生前使っていたものなんて、気持ちいいもんじゃない。

わたし、子どもだけど、わかるよ。人にはみんな事情がある。だれかに話せなかったり、自分でも見えてなかったりする。それで、理由がわからなくても、なにかをやってなくちゃいられないときがある。胸のなかのごちゃごちゃをどこかにぶつけたくなったり、頭のなかのもやもやをどこかに追いだしたくなるときって、あるもの。

だからいま、わたしはカザグルマを作っている。オンナのコだからっておじいちゃんが触らせてくれなかったカッターで、ペットボトルを上手に切っていく。

わたしはあの夏にやりたかったことをやる。そのためにここに来たような気がした。わたしは、あの庭に大きな忘れ物をしてしまったから。

ローニンセイが帰ってきた。赤いビニールテープを買ってきてくれた。

「よくできてるなあ。回るのか」

回転軸の針金の滑りをよくするために通したストローを、ペットボトルの口にテープで固定した。羽根を指で押してみる。くるくるとよく回転した。

「初めてにしてはうまくできたと思う」

「自画自賛だな」

ローニンセイが家の裏からちょうどいい棒を見つけてきてくれた。つる植物をまきつける支柱だ。先端にカザグルマをつけると、エンガワからよく見えるノウゼンカズラの花の滝の前に立ててくれた。

ペットボトルのカザグルマの完成。息を吹きかけるとカラカラと軽い音をたてて回転した。透明なペット樹脂が陽の光をピカピカ反射する。

「この光と振動がトリ避けとモグラ避けになるんだよ」

「へえ」

ローニンセイは感心したようにながめた。

やさしい風が吹いて、カザグルマは静かに回りはじめた。

「家に入ろうか。腹減っただろ。出たついでにピザを買ってきたんだ。冷めないうちに食べよう」

……ピザ。

ローニンセイはわたしの表情の変化を読みとった。

「嫌いか」

「ううん。ありがたくいただきます！」

わたしは外の水道でいっぱいしぶきをあげて手を洗った。

「奥窪《おくくぼ》さんは月にどれくらいピザを食べるの」

「一回あるかないか、くらいかな」

「だよね、ふつう。うちは週に一回は食べてる。慢性的に飽きてるの」

「そりゃすごいな。それでいやな顔をしたのか」

「うん。でも、これはおいしい」

生まれてはじめてトマトがのっていないピザを食べた。ピザ・ファミリーじゃなくて、自分で電話をかけて注文したんじゃないピザ。わたしのために歩いて買ってきてくれたピザ。農薬と化学肥料をたっぷり使った野菜かもしれないし、化学調味料と着色料をたっぷり使ったピザソースかもしれないけど、わたしのためのピザはおいしかった。

「ねえ。学生時代スペシャルのLと社会人ミックスのM……なーんてオーダーできたらいいと思わない？」

「留年ポテトもおつけしましょうか。いまならモラトリアム・ゼリーもセットでお得です」

「やなセットだなあ。ほかには？」

「コースアウト・サラダ。なあ、チューガクセイは自分でピザ生地をこねたことあるか」

「あるわけないでしょ」

「ははっ。おれもない。テレビでイタリア料理の番組を見ておもしろそうだと思うけど、やってみようとしたことはない」

「食べるだけ」

「そう。食べるだけ」

ローニンセイは最後の一切れにとりかかる。おいしそうに食べる人だ。

「きみは料理とか、しないの？」

「なんで？」

「女だから」

さりげない言い方にムカッときた。

「オンナだから……お料理できなくちゃいけないの？」

「いけないってわけじゃないけど、いちおう、できたほうが」

しゃくにさわる。でも、ドキドキした。

——わたし、女に見られてたんだ。こんな子どもでも、いちおう。

ローニンセイと目が合ったとたん、かあっと顔が熱くなった。頭にぼーっと血がのぼって、口が勝手に動きだした。

「オ、オンナは料理とか掃除とかをやって当然だと思ってるんでしょ！　いつもニコニコしてやさしくって、さ。オンナは家事ができなきゃだめで、結婚して、子どもを産んで育てればいいと思ってるんでしょ！」

「なんだよコワイなあ。なにもそこまでは言ってないだろ」

「帰る！　ごちそうさま。バイバイ」

わたしは勝手に動く口だけでなく、足も止められなかった。

奥窪のおじいさんの家を出て、休日のG高通りを駅までいっきに走りぬけた。

駅についたとき、ホームの掲示板の鏡に映ったわたしの顔は、自分でぎょっとするほど赤くなっていた。

12

家に帰る途中、緑丘《みどりがおか》の商店街のドラッグストアでユウキに会った。お姉さんと一緒だ。

わたしはルージュの棚の前にいた。変なところを見られてしまった。

「あれえ、こんなところでマナコと会うなんて珍しい」

「お母さんに買い物を頼まれて」

ウソをついた。自分のルージュを選んでいたなんて、思われたくない。

「どうしたの、ずっと夏期講習に来ないで」

「ちょっと、家の用事が忙しくて」

「ふうん。マナコはそっちよりオレンジ系が似合うんじゃない？　はやりだし」

「わ、わたしのを探してるんじゃないよ。まだ口紅なんて早いよ」

「なんだあ。でも、その色いいよ。買ってみたら？　ぜったいマナコらしいと思う。あ、姉貴が呼んでるから。じゃあまたね」

きれいなお姉さんのあとを追いかけるユウキを見送った。

わたしとローニンセイが一緒にいたら、兄妹に見えるのだろうか。ちょっと考えたら、いやな気持ちになった。お兄さんがいたら、わたしは生まれてこなかった。だいたい、なんでローニンセイなんかを思いうかべるんだろう。あんなやつ。

お店のなかに知り合いがいないのを確認して、わたしはオレンジ系のルージュを手にした。レジに並んでから、思い直して最初に自分で選んだローズ系のルージュにとりかえた。

レジの人はおつりといっしょに細長いチラシをくれた。

『聖夜《せいや》クリス再結成ライブご優待券』

家は留守だった。日曜日なのにお父さんがいない。お母さんはなんとかセミナーへ行くとメモを残してあった。ケンジは友だちのところだろう。だれもいなくてよかった。

お母さんたちの寝室に入って、そっと三面鏡をひらいた。とりあえずわたしの顔が三つ。化け物が映ってなくてホッとした。

さっそく買ったばかりのルージュをつけてみた。

お母さんの口紅をいたずらしたことはあったけど、今日は使いたくなかった。どうしても自分のルージュが欲しかった。

慣れてないからうまく塗れない。時間をかけて、なんとかさまになった。

あ、わたしって美人……なんて、ウソ。

三つの鏡にピンク色の口をしたわたしが映る。少し大人に見える。でも、ダメ。やっぱり子どもがいたずらでお化粧したみたいだ。ローズピンクは似合わない。日に焼けた肌に浮いてみえる。ユウキが言ったように、オレンジ系にすればよかった。

唇が薄い。鼻の頭に薄くそばかすがあるのも、しっかりした眉毛もヤダ。許せるのは二重まぶただけだ。いつも目だけは褒められるから。体つきはパスタ鍋型《なべがた》。いまからダイエットしたほうがいいのかな。背はあと五センチは欲しい。それより、髪型を変えたら、もう少し見場がよくなるだろうか。前髪をあげて額を出してみたら……。

ケンジが帰ってきた。

玄関の鍵を差しこみながらぶつぶつ歌をうたっているからわかった。

わたしはティッシュで唇の色をこすり落として、ルージュと一緒にポケットに入れた。三面鏡を閉じてそっと寝室を出る。

「オウチモード・ケンジ、ヘンシー……」

「なにしてんの」

「うわっ、おねえちゃん！」

ケンジはだれもいないと思っていたらしい。変身を見られてあわてている。

「家のなかは変身を解くところじゃないの？」

「いっぱい変身しすぎて忘れちゃったんだよ」

「変身しなきゃいいでしょ」

「おねえちゃん。変身は、だれにもほんとうの正体を気づかれないようにやるのが上等なんだ。見やぶられちゃったらだめなんだ。だれからも変身していないように見えるのが、いちばんすごい変身なんだから」

「アンタ、屈折してる」

ケンジはふてくされてキッチンへ行き、テーブルの上にあった天然素材のカボチャのクッキーをつまんだ。

「今日もお母さん、会合？」

「そう。メモとお金が置いてあった」

「あーあ。またピザァ？」

それはわたしが言いたいセリフだ。

「ぼく、安心とか清潔じゃないもののほうが好き」

「いつも大喜びで食べてたじゃない」

「哀《かな》しんで食べたってしょうがないでしょ」

オウチモード・ケンジに変身しそこなったナチュラル・ケンジは、いつもと違って尖《とが》っている。

「はやく夏休みが終わればいいな。給食が食べられる。ぼく、給食の鮭《さけ》ごはんとか五目豆とか炒《い》りどうふって好きだ。おばあちゃんの、かんぴょう煮たやつも好き」

「なにそれ。なんで正直に言わないの」

「お母さんがいつも忙しいからだよ。それに、自然食スーパーで買ってきたやつじゃなくて給食の味が好きなんだもん」

「ちゃんと言いなよ。あんたの話ならあの人は聞くんだから」

「やだよ。末っ子だからわがままだって言われたくない」

「言われたの？」

「だれかに電話してた」

「そう……でも、本気で言ったんじゃないと思うよ。きっと相手に話を合わせてあげたんだよ。オウチモード・ケンジはいい子だもん」

わたしは本の詰まった食器棚を見た。

「ねえ、夕ごはんの時間がいつもより遅くなってもガマンできる？」

「どうするの」

「わたしが料理する」

「――――」

ケンジはぽかんと口を開けた。

「頭にくるほどビックリしないでよね。なによ、料理くらい。本に書いてあるとおりに作ればいいだけじゃない」

クッキングブックをひらいて、冷蔵庫のなかにあるものを照らし合わせた。買い出しに行かなくてもなにか作れそうだ。

「ぼく、手伝う」

わたしを見るケンジの目には大きな不安とほんのすこしの尊敬がうつっていた。

まず、お米をとぐ。お釜《かま》にめもりがあるから水加減は大丈夫。野菜を洗ったり切ったりして時間をあけてから炊飯スイッチを入れる。あとは機械の仕事。

じゃがいもを茹《ゆ》でて、こふきいもを作った。それから年寄りくさい好みのケンジのリクエストで、ごぼうと卵の炒《いた》めもの。調味料は化学の実験みたいに計量スプーンできっかり量る。めんどうでも、煮物の素や便利なソースを使いたくない。手抜きなんかするものか。野菜は時間をかけて見た目よく切る。ごぼうのあく抜きも忘れないでする。なにひとつ失敗したくない。お母さんに文句を言われたくない。だから料理の本のとおりに作った。もしマズかったらそれは本のせいだ。

作りながら、まめにレンジの上を拭《ふ》いておく。使った道具もちゃんと洗って片づける。散らかしたままなんてやっぱり子どもね、とため息をつかれたくないから。

クッキングタイマーをにらみながらアジのヒラキを焼いているとき、お父さんが帰ってきた。お父さんはレンジの前のわたしを見てオッと言ったきりなにも言ってくれなかった。べつに、褒めてもらいたくて料理してるわけじゃないから、いい。

盛りつけをしているところでお母さんが帰ってきた。

「まあ、驚いた。おねえちゃんが料理だなんて。ふだんぜんぜん手伝わないのに」

お手伝いはケンジにやってもらうから、おねえちゃんはお勉強してなさい――と言って何年間もわたしをキッチンから追いだしていたのはだれだった？

お母さんはおみやげのシューマイの包みを持ったままわたしの回りをうろうろした。

「そこ、じゃまなんだけど」

「あらおいしそう。お料理なんて、いつどこで覚えたの？」

「本に書いてあるよ」

料理なんて数学の問題を解くのとたいして変わらない。決まりにそって条件どおりにやっていけば結果が出る。時間がかかってとても疲れたけど、証明問題みたいにコツをつかんで慣れちゃえばどうってことないんだろう。

「器用な子ねえ」

お母さんはお鍋のふたを開けた。お吸い物が入っている。
おみそしるを作るつもりだったけど、できなかった。レシピが載ってなかったから
水とみその割合がわからなかった。それが、すこし悔しい。本に載ってないというこ
とは、知っているのが常識ということだからだろう。わたしはどろんこおみそしるし
か作れない。
お母さんは言った。
「女の子を産んでおいてよかったわあ」
——真名子《まなこ》を産んで、じゃないの？　料理をしたから……料理をするオンナのコな
らだれでもよかったワケ？　ばかにしてる。わたしはオンナのコじゃなくて真名子な
のに。
「また作ってね」
二度と作るもんか！
ポケットの中に固いものがある。ルージュだ。繰りだすと、鮮やかなローズピンク
がにょきっと生えてくる。

こうして見ると、頭わるそうな色。似合わなくてよかった。

いつも持ち歩いているバッグから手鏡を出した。鏡のなかのわたしにルージュをこすりつけた。鏡に描《か》くとコキコキと変な感触が手に伝わる。つるつるで固いから脂分が滑ってうまく塗れないんだ。鏡にはムラだらけの薄い筋がついた。ところどころに固まりが残る。へんな顔。顔を消すように、鏡全体にぐりぐりとルージュを塗った。

汚れた鏡を見て、ふと昔のケンカの原因を思い出した。

いまでもケンジのこめかみにうすくあとを残しているもの。ケンジにけがをさせたけんかの発端。それはケンジがわたしの絵本にクレヨンでいたずら描きをしたからだ。あれはお気に入りのお話で、わたしがはじめてひとりで字を読んだ本——たしか、シンデレラだった。お母さんに言っても、ケンジはまだ小さいからといって叱《しか》ってくれなかった。だから悔しくて、わたしはケンジの体を押した。軽く。軽かったはずなのに、よろけてテーブルの角に頭をぶつけて……大騒ぎになった。

くだらない理由だと思う。

王子様に見初《みそ》められて、幸せになったシンデレラ。もし、きれいな娘じゃなかったら、一生、灰をかぶったまま生きていた。シンデレラなんか嫌いだ。わたしがシンデレラになれるとでも思っていたのだろうか。同じオンナって共通点しかないのに。いま手元に絵本があったら、ケンジと同じことをしただろう。

ルージュと手鏡を机のひきだしにしまおうとしてやめた。こんなところに入れたらお母さんに見つかる。

あした、駅のごみ箱に捨てよう。


逆立ちをしていたら、部屋にケンジが入ってきた。パンツを見られないように、すぐやめた。

「あれ、わたしたよ」

「どうだった?」

「なつかしいわ、ありがとうって。そのあとすごく機嫌がわるくなった。ゲームしているお父さんのこと怒ってたよ」

「へえ。なんでだろ」

笑わないように、無理に哀しそうな顔をした。

ケンジ経由で、ドラッグストアでもらった『聖夜クリス再結成ライブご優待券』をお母さんにわたした。反応を見たかったけど、笑っちゃいそうだからケンジに頼んだ。

いつもいつも「わたしは子育てに熱心な母親です」って顔しちゃって会合とか勉強会とかに行ってるくせに、どんなカッコでオッカケをやっていたんだろう。もう隠したって無駄。バレてるんだから。

「せっかく優待券があるんだから、行けばいいのに。行きたくないのかな」

「食器棚のなかにしまってたよ」

ガマンできなくなって、くすくす笑いをもらしてしまった。

「なんとかクリスって、なに」

「聖夜クリス。超ヒサンな昔のアイドル・グループ。お母さんが若いころ大好きだったみたい」

「ふうん」

ケンジはノートを広げて、息を止めてマッスグを描きはじめた。

息を吐く。息を吸う。息を止める。マッスグを描く。息を吐いて、吸って、止めて、マッスグ。吐いて、吸って、止めて……。

わたしまで苦しくなってくる。

「ケンジ、深く呼吸しないでよ。部屋の酸素がなくなっちゃう」

「え、そうなの？」

「このせまい部屋に二人分の空気があると思う？　あー苦しい。わたしの分の酸素を返して」

ケンジは窓を開けてからマッスグ描きを再開した。吐いて、吸って、止めて、マッスグ。吐いて、吸って、止めて……。

やなやつ。

「お料理するのっておもしろいよね。ぼく、大きくなったら給食のおばさんになろうかな」

「オジさんでしょ」

「そうか。じゃあ給食のおじさんになる。なれると思う？」

「正義の味方よりは現実的だね」

13

今日も庭で洗濯物が揺れる。風が出ると、ペットボトルのカザグルマがカラカラと回る。透明な樹脂が光を反射すると、日陰のノウゼンカズラが点滅するように明るい色を取りもどす。

ローニンセイはおじいさんの日記を読んでいる。静かに、亡くなったおじいさんを取りもどす作業をしている。

わたしはエンガワで講習の問題集を解いたり、家の食器棚から持ってきた本を読んだり、ぼんやりしたり。いつもと同じ。

お母さんの言い訳。

学生時代の古い友人のレイコさんは、独身だからいつまでたっても子どもっぽい。

だから非常識な留守電メッセージを入れる。

アイドルのオッカケをしていたことについては、子どものころはなにかに夢中になりやすいし、友だちの影響を受けやすい。だから友人選びには気をつけなさい——と、言った。

「復帰ライブに行けばいいのに」

「なに言ってんのよ」

お母さんは忙しく出かける用意をした。

朝、わざと時間のないときを狙《ねら》って釈明しているのは、みえみえだ。

隠したがっているところが気に入らない。そういう時代があったのなら、教えてくれればいいのに。お母さんが築き上げてきた母親像なんて、いまさら大切に守ろうとしてもわたしの目にはヒビだらけだ。

お母さんは教育ママじゃない。教育マニアだ。教育や子育てに関する勉強は大好きだけど、実際にするのは好きじゃない。理論は知っていても実践できてない。教育ママは母親にしかなることができないけど、教育マニアは親じゃなくてもなれる。うちのお母さんは熱心な教育マニアだ。そして、子どもに思い出話のひとつもできないくらい恥ずかしいセイシュン時代を送ってきたかわいそうな人。

「お昼だぞ」

時間になるとローニンセイはいつものように教えてくれた。

「難しそうな本を読んでるな。どれどれ」

ローニンセイはわたしの手から本を取り上げた。

「ポケット六法？　弁護士になるつもりか」

「まさか」

「先週は心理学や青少年白書を読んでたよな。小説は読まないのか」

「うそが書いてある本は嫌い」

「あたりまえだ。フィクションなんだから」

「でもね、小さいころはシンデレラの絵本が好きだったんだ」

「それがふつうだろ、オンナのコは」

「オンナのコは……」

「あっ、そういう言い方は嫌いだったな」

「うん、嫌い。むかつく」

ローニンセイは肩をすくめた。乙女《おとめ》ごころはわからない、とでも思っているんだろう。

「昔ね、ケンジに絵本にいたずらをされてね……」

つづきは台所のテーブルをはさんで、食べながら話した。今日はお母さんにお弁当を作ってもらえなかったので、駅前の天然酵母のパン屋さんのサンドイッチを食べながら。


午後。ペットボトルのカザグルマがよく回っている。

ひとりで洗濯物の下をくぐっていたら「運動不足解消」とローニンセイも参加して、いつのまにかオニゴッコになってしまった。

それから、ローニンセイはバリバリに乾燥した洗濯物を取りこんだ。ぜんぶ丸めてエンガワに置く。洗濯物からは洗剤のにおいと焦げたようなお日さまのにおいがする。

からっぽの庭はさみしい。シーツが干してあったときより小さく感じる。

ローニンセイは言った。

「海に行こうか」

「どうしたの、急に健康的なことを言って」

「急に健康的に走ったら、夏なのに夏らしいことしてないって気づいた」

「そういえば……」

「だろ」

ローニンセイはエンガワから家にあがると、おじいさんの部屋の戸を開け放した。

「あした、古道具屋が来る。家のなかを少し整理するんだ。売りものになりそうな物を持っていってもらう。親が立ち会うから、おれはここにいなくていいんだ」

そうか。この家は世帯主を亡くしているんだった。住む人のない家は、いつかなくなるのだろう。

この家がなくなったら……。

わたしはそれ以上、考えないことにした。

14

こともあろうに、お弁当なんかを作ってしまった。オンナらしいことなんて絶対にしないつもりだったのに、気づいたときにはせっせとやっていた。なんなんだ、わたしって。

朝の五時に起きてこっそり作ったから、たいしたものはできなかった。それでも作りなれてないから時間がかかった。すごいものを作ろうなんて、見栄をはらなくてよかった。

ハムのサンドイッチはアルミホイルに包んで、卵焼きとウインナとミニトマトとキウイフルーツは、二人分とわからないようにひとつのお弁当箱に詰めた。バッグに入れたのをお母さんに見つかったら、友だちとオカズの持ちよりをするんだって言えばいい。

みんなが起きてくるまでにキッチンを元どおりにして、ベッドにもどった。そしていつもの時刻になるのを待った。長い時間だった。

家を出るときは夏期講習に行くふり。バッグには水着と二人分のお弁当が入っている。いつもだぶだぶしている大きなバッグが今日はパンパンにふくれているけど、家族は気づかない。

海へ行くのは、今年は初めてだ。

妙にうきうきしている自分がいやだ。いやだから、電車のなかでは隣に立っていたオジサンを殺す想像をして気をまぎらわせた。

まず、みぞおちにケリをいれる。痛さに身をかがめたら、無防備な首の後ろを叩《たた》く。そしたらミンチになるまでナイフでメッタ刺し。クルマエビの殻をむくように、首と胴体をひねってみるのもおもしろい。だけど、男は死なない。吊《つ》り革につかまって平然と立ちつづけている。血まみれになった手でスポーツ新聞をめくる。床は血溜まりで汚れていく。座席に座っている乗客は男からしたたった鮮血でぽたぽた染まって……。

空想はとぎれた。

下車駅だ。

よかった。自分で想像しているくせに、気持ちわるくなりかけていたから。

待ち合わせの場所に行くと、ローニンセイは自動車を乗りつけて待っていた。四角くて黒っぽい大きなRV車。燃費のわるい、地球にやさしくない自動車だ。

電車で行くと思っていたから驚いた。

ローニンセイは古い家のなかにいたときと少し印象が違う。大人というか、ふつうの若い人にみえた。ふつうすぎて、人ごみで見失ったら二度と探しだせないような希薄な印象。知らない人みたいで不安。

「奥窪《おくくぼ》さんの車？」

「乗るのはおれ。名義は親」

声はいつものローニンセイだ。不安は少し消えた。

「はい、どーぞどーぞ乗ってください」

映画みたいに助手席のドアを開けてくれた。恥ずかしい。

「足、届くか」

「届きます！」

車高が高い。人にもやさしくない車だ。

ローニンセイがエンジンをかける。意外と音は静かだ。出発。

「すごいな。運転できるんだ」

「あーのーなあー」

「あ、シートベルト！」

「はいはい。忘れてました、ゴメンナサイ」

「わっ、よそ見しないでよ」

「大丈夫だ」

「信号が変わりそう」

「見てるったら」

「後ろからバイクのオバサンが」

「わかったわかった」

「制限速度、超えてない？」

「……黙れ」

「…………」

家族以外の人とふたりきりでドライブするのは初めてだ。たよりなさそうなドライバーなので、心配が口に出てしまう。

ローニンセイは右手でドアのポケットをごそごそやりはじめた。片手運転はやめてほしい。ハラハラしていると、革のカードケースをわたされた。

「コレ、無免許じゃない証明」

開けてみるといろんなカードが入っていた。

いちばん上に運転免許証。ローニンセイの写真。髪はいまほど長くない。

「変な名前だろ」

氏名のところに奥窪一愚と書いてあった。

「なんて読むの？」

「イチグ」

たったいままで、ローニンセイの名前を知らないことなど忘れていた。

「人間は不完全だから、必ず愚かな部分がひとつ必要なんだって。それでご丁寧にもジジイがおれの名前につけてくれた。つけられたほうの身になってくれ。おれ、ずっと奥窪家でいちばん愚かって意味だと思ってたよ」

「わたし、由来は知らないなあ」

おじいちゃんは治一郎《はるいちろう》、お父さんは義治《よしはる》、弟は健治《けんじ》で河野《かわの》家の男はみんな同じ字をつけている。わたしの名前はお母さんの由可利《ゆかり》からもおばあちゃんのタエからも、なにひとつもらっていない。

「なんて名前？」

そういえば、わたしも名前を言ってなかった。

「河野真名子《まなこ》」

「川のナマコ」

「言うと思った」

「ははははー」

アタマくる。

カードケースのなかを探った。テレカ、メンバーズ・カード、割引券、学生証……。

「大学……医学部？　浪人中じゃなかったの！」

「おれ、浪人って言ったかな」

「え、言ってた気がするけど。ずっと浪人生なんだと思ってた」

「まあ、どうでもいい」

「浪人生と大学生じゃぜんぜん違う」

「なにが違う」

「身分が違う」

浪人生と中学生なら半人前どうしだけど、大学生と中学生となると、完全に大人と子どもだ。

「どっちも親のスネかじりだろ」

それはちゃんと大学に入って、宙ぶらりんじゃないから言えることだ。大学さえ入っちゃえば、その先は余力で生きてくようなものじゃないか。

「おれは春からほとんど大学に行ってない。だから大学生って言わなかったんだ」

「大学の不登校？」

「なんだよ。マナちゃんは夏期講習の不登校のくせに」

突然名前を呼ばれておでこがボッと熱くなった。赤くなってなければいいけど。マナちゃんなんて言われると、幼稚園児にもどってしまったみたいだ。

しばらく行くと、フロントガラスにポッツポッツとなにかがあたった。

「雨か」

カーラジオをつけた。ちょうど天気予報の時間で、台風情報をやっていた。

「失敗した。まえもって天気を調べてくればよかった。マナちゃんは知らなかったのか」

「きのうからテレビなんてぜんぜん見てない」

「台風じゃ波が高くなるから海は無理だな」

がっかり。

「たぶんわたしが……お弁当なんか作ってきたから」

「嵐を呼ぶ弁当か？」

「日曜のピザのお礼をしようと思って、サンドイッチを作ったの。ふだんやらないことをやるもんじゃないね」

「そうだそうだ」

人の気も知らないで、奥窪サンは遠慮なく笑った。

本降りになった雨のなか、自動車は博物館へ向かった。

都心から離れたその博物館に、わたしはいいイメージがない。そこは冬にリュウイチと来たことがあった。コンベンションルームで地球温暖化を考える公開フォーラムをやっていて、二人でそれを聴きにきた。リュウイチは帰る電車のなかでも来てよかったと言っていたけど、わたしには退屈で苦痛な時間だったから。

奥窪サンがわたしの分の入館料を払うというから発券所でもめた。奥窪サンは行き先を変える前に、わたしに聞いた。博物館には勝手に連れてこられたわけじゃない。同意したんだ。でも、けっきょく払ってもらった。

館内に入ると、奥窪サンはまず「館長のごあいさつ」の前で立ち止まった。ふつうの人はこんなものを読まない。掲示された案内文にひとつひとつ目を通していくから、横にいるとなんだか先生に引率されているみたいだ。

「奥窪さんて、マジメなんだね」

「マジメだよ。叩いてもほこりの出ないからだだ」

「へぇ」

わたしは急にいじわるしたくなって、ひょうひょうとしている奥窪サンの腕や背中をばたばた叩いた。

「こら、言葉のたとえがわからんのか」

「冗談がわからないの」

「イテ。やめろ」

受付の学芸員にジロリとにらまれて、エントランスから逃げた。右に行くと企画展。退屈そうな「鉱物と宝石」展をやっている。まずは常備展のほうへ行った。平日だけど夏休み中だからほどほどに人けはある。

奥窪サンは階段の途中で館内図をひろげた。

「広いから、見たいところだけじっくり見よう」

マジメだから、てっきり順路どおりにかたっぱしから見ていくのかと思った。展示を全部見るのは疲れそうだから、助かる提案だ。

「なにが見たい？　おれは化石と企画展」

「天文関係」

「星が好きなのか。望遠鏡をのぞいたりする？」

「たまにケンジの双眼鏡を借りて見るけど、うちからじゃ空が明るくてだめ。実物より図鑑を見るほうが専門」

「よし。マナちゃんに解説してもらおう」

「わたしが大学生に解説？」

「頼むよ。天文学の授業はうけてないんだ」

展示を見ながらわかるところをいくつか説明した。奥窪サンは熱心に聞いてくれた。冗談じゃなくて、マジメな顔で将来は天文学者になれと言ってくれた。

化石の展示室では奥窪サンが説明をしてくれるのかと思ったら、それどころじゃなかった。奥窪《おくくぼ》サンはちっちゃい子にまじって恐竜の化石に見とれていたから。やれやれ。

お昼すぎに、博物館の休憩所でお弁当を食べた。サンドイッチにマスタードのつもりで塗った和がらしがとても辛かったのに、奥窪サンはおいしそうに食べてくれた。休憩所は片側が大きな窓になっていて、中庭が見えた。雨は強くなっていて、斜めにばしゃばしゃ降っていた。

「海に行けなくてごめんな」

「しかたがないよ、台風だもん」

「台風だもんなあ。うっかりしてた」

「わたしも」

「心配だ。風が強くて」

「なにが」

「マナちゃんのカザグルマ」

「壊れたらまた作ればいいよ」

「そうか？　気に入ってたんだよ」

奥窪サンは少し残念そうに言った。

企画展は人が多かった。特に宝石の展示の前にはおばさんのグループがいた。学芸員もガードマンもおばさんパワーにタジタジって感じで、ガラスのケースを遠巻きに見てる。

奥窪サンが見たいのは鉱物のほうだったので、宝石の展示はすいているところだけをさっと見ることにした。

「ホントにいいのか。マナちゃんは宝石を見たいんじゃないか」

「オンナだから？」

「そういうふうに言われると、非常に答えにくい」

「ふーんだ」

「ちょい、ストップ」

奥窪サンは足を止めた。誕生石の展示があった。高そうな宝石と、あんまり高そうじゃない石が月ごとに置いてある。

八月の誕生石はしまめのうとペリドット。石じゃないけどサンゴの粒も並んでいる。どれもマイナーでパッとしない色なのでがっかりした。

「マナちゃん、何月」

「わたし、今日が誕生日なんだ」

奥窪サンの驚きの顔がすぐ笑顔になる。

「おめでとう。いくつになる？」

「十四歳。少年法で処分できる年になっちゃった」

「若いねえ。もしかしたら今日はお誕生会の予定があったんじゃないか」

「やだな。そんなことする年じゃないよ」

はなはだしい子どもあつかい。わたしはさっさと鉱物のコーナーに足を向けた。

途中まで見て、ため息が出た。

「石ばっかり」

「ごめん、つまらないか。よく見てごらん。右の緑色はクロム白雲母、左の赤みがかった石はマンガン白雲母。同じ白雲母だけどちょっとした成分の違いで色がまったく違う。おもしろいだろ」

「ふーん」

「味わいのわからんやつだなあ。それじゃ、先に結晶のきれいなヤツを見よう」

奥窪サンはずんずん歩いていって、水晶の標本の前で足を止めた。水晶は先の尖《とが》った透明な六角柱をしていた。

「磨いたんじゃない。採取したときからこの形だ」

「こんなきっちりした形のが生えてくるの」

「生えるという言い方は正しくないけど、そういうこと」

わたしは展示室をぐるりと見渡した。

「うそつき」

「なんだい、急に」

「まえに、自然のなかには直線がないっていったけど、あるじゃない。ほら、そっちの金色のサイコロみたいなのも。切って磨いたみたいに正方形の形をしてる」

「スペインの黄鉄鉱か。この大きさで完璧な立方体は珍しいほうだ。貴重だから標本になってるんだろ」

「貴重。そうか、やっぱりみんな純粋で完璧なのが好きなのか」

ルビーやサファイアの原石のコランダムのところには「人工宝石の作り方」の展示があった。人の力が加われば、クズ石もありがたーい石に変わるんだ。

「なにイジケてるんだ。自然は曲線でできていて直線はないって言ったのはゲーテだ」

「はあ」

「昔のドイツの詩人。おかしいな。マナちゃんの言うとおりだよな。石にはマッスグな部分がある。鉱物だって自然のものなのに」

「でしょ」

「訂正。自然には曲線も直線もある」

「なんでもアリってことだね。で、結局はまっすぐで純粋で完璧なのがありがたがられるんだ。わたしみたいなのはいびつでゆがんでるから、砕いて溶かして精製して再結晶しなくちゃ使い物にならない」

「ははは」

奥窪サンは笑った。ふつう、なぐさめてくれるもんじゃない？ あんまり笑うから、なぐっちゃおうかと思った。ゲンコツを作ったら、ぱっとつかまれて別の展示のほうへひっぱられた。

「なにすんの」

「よく見てごらん。日本産の結晶だよ。こっちにはいろいろあるから」

奥窪サンの言うとおり、いびつな結晶がたくさん並んでいた。

「純度のいいきれいな標本を買うよりも、わざわざ自分で山に行って自然の偶然が生みだしたやつをとってくる。そういう個性的なのが好きなやつもいる」

「なぐさめてくれてるつもり？　ひねくれものはひねくれてていいって」

「ははは……」

「笑ってごまかしてる。世の中にはモノ好きがいるってことだね」

「再結晶した人工ルビーを、天然物だとだまされて高い金を払っているバアさんたちよりマトモだよ。同じ形にカットされるより、個性的なほうが見ていて楽しいだろ」

「まあね。奥窪さんて、鉱物に詳しいね」

「最近テレビで鉱物蒐集家《しゅうしゅうか》の話を知って興味を持って、本を何冊か読んだから」

「最近なの？　なんでも知ってるみたいだよ」

「自分のための勉強はなにひとつしてこなかったから、興味を持ったらものめずらしくてあっというまに覚えてしまったんだ」

「受験勉強ばっかりしてたの？　うそ、マジメなふりしてるう。マジメな人がこんな長髪《ロンゲ》に……ごめん、ほどけちゃった」

　奥窪サンの髪をひっぱったら、結んでいたゴムが切れて落ちてしまった。

「コラ……んとに、もう」

　自由になった毛先が肩のあたりにぱっと散った。奥窪サンはじゃまそうに手でまとめた。

「どうして伸ばしてるの」

「伸ばしたことがなかったから、やってみようと思ったんだ」

「ヘンなの」

「似合わないか」

「奇妙に似合ってる」

「奇妙に？」

奥窪サンはどういう意味か考えるように首をかしげた。

「奇妙だろうな。あのな、おれ、きのう十年ぶりにオニゴッコをした」

「十年って……いま何歳」

「二十歳《はたち》」

「うわ。オジサン」

奥窪サンはわたしの髪をぐしゃぐしゃにした。

「仕返しだ」

「ひどい、オンナのコなのに」

「こういうときだけ都合よくオンナのコになるな」

展示ガラスにうっすら映った自分を見て髪を直した。反省したのか、奥窪サンははなでつけるのを手伝ってくれた。なんだかイイコイイコされているみたいだ。

「オニゴッコって楽しかったんだ。それで、やっぱり建築家になろうと思った」

「え？」

はてなマークが飛ぶ。

「わるい。話が飛んだ。おれ、小さいころ建築家にあこがれていた時期があったんだ。オニゴッコをやって、そのころの気持ちを思い出したってこと」

「建築家というと、大工さん？」

「デザインのほう」

「奥窪さんは医学部の学生でしょ」

学校で勉強していればお医者になれるのに、もったいないような気がする。

「モノのはずみだったんだ。いまならまだ変えられる。おれ、子どものころにアントニオ・ガウディの建物を見て、びっくりしたんだ。いわゆるカミナリに打たれたって衝撃」

「どんな建物?」

「教会やアパートなんだけど、口で説明するのは難しい。よし、帰りに本屋へ行こう。スペインの旅行ガイドに写真が載っているから」

「有名なんだ」

「ちょー、有名」

帰り道。本屋さんで立ち読みをした。奥窪サンがいうとおり、スペインのガイドブックにはどの本にもガウディの建物が載っていた。

感想は、「うひゃあ、こんなヘンな建物が町のなかにあっていいの?」という感じ。へたをすれば、支離滅裂。さすがにピカソやダリを生んだ国だ。とくに、ダイナミックな曲線と鮮やかなタイルで造った公園がスゴイ。

奥窪サンのイメージとはかなり違う。けど、衝撃をうけた、というのはよくわかった。

15

「真名子《まなこ》！」

振り向いたら、なぜかお母さんがいた。わたしの「中学生らしいカサ」をさしている。

都内に向かう道路が渋滞していて時間が遅くなってしまい、G高校前駅ではなく緑丘《みどりがおか》まで送ってもらった。カサがないので社宅のちかくで降ろしてもらって、奥窪《おくくぼ》サンの自動車を見送ったときだった。

ゆううつが雨粒と一緒に空からドーッと肩に下りてきた。

「なんでそこにいるの」

「いまの人、だれ？」

「だれって……ちょっと道を訊《き》かれて」

「今日はどこに行ってたの」

「か、夏期講習」

「なんてこと。信用していたのに」

「わたしなにも悪いことしてないよ」

「うそ！　ナツミちゃんから電話があったわよ。最近講習に来てないから心配だって。お母さん、心臓が止まるかと思ったわ」

――ナツミのやつ、おとなしい顔をしてよけいなことを。とうとうバレたか。

「なにしてたの」

うるさい。わたしはさしてもらったカサから出て、さっさと歩きだした。

「台風が来てるのにカサも持たないで出かけるんだから。どこへ行ってるのか心配で、お母さんはずっと探してたのよ」

「帰ってきたでしょ。いいじゃない」

「よくありません。正直におっしゃい。さっきの車の人とどこでなにしてたの！」

恥ずかしいからやめてほしい。だれに聞かれてるかわからないのに。

あんまりしつこいから、社宅の階段の途中でくるりと振り向いて言ってやった。

「オトナにしてもらったの」

「――――！」

お母さんはわたしの三段下で石になった。

イヤラシイ。

階段をかけあがる。

玄関のカギを探していたら、お母さんが上がってきた。もうショックから回復してしまったのか。

「待ちなさい。ちゃんと話しなさい」

こういうときばかり話を聞きたがるなんて都合がいい。

「おかあさんはわたしをオトナにしてくれるワケ？」

ようやくカギを見つけた。玄関のドアを開ける。

「ま、真名子がどういう意味でオトナって言ってるのかわからないけど、あのね、お母さんは」

お母さんの目の前で玄関のドアを閉めて、すぐにロックをした。ドアノブがガチャガチャいっている。どうせお母さんもカギを持ってるんだから、騒ぐことはない。

キッチンのドアが開いたままで、テーブルの上が見えた。バースデーケーキが置いてある。胸が痛んだ。用意してくれたんだ。忘れてなかったんだ。

大きな音をたてて玄関のドアを開閉して、お母さんが入ってきた。

「真名子」

ケーキはチェーン店のケーキ屋さんで売ってるやつだ。マナコちゃんおめでとう、とピンク色のチョコレートで書いてある。パンダとウサギの人形までのっている。

「お誕生日でしょう。みんな待ってたのよ」

謝らなくちゃ。いまならまだまにあう。なのに、胸の痛みは憤然としたものにとってかわった。

「ばっ、ばかにしてるの？　こんなケーキでわたしが喜ぶとでも」

お母さんはぎゅっとゲンコツをつくった。

叩《たた》かれる？

お母さんのグーはパーになっておなかの前で組まれた。嵐が去るのをお祈りするみたいに。

──叩かれなかった。

「家で誕生日なんかお祝いされたくないよ。わたしがどこでなにしていようと、アンタには関係ないじゃない！」

わたし、ひどいことを言ってる。

止めて。なんとかしてほしい。

開け放したドアからちらりと居間に目を走らせたけど、お父さんは無反応。弟はこわごわと身をすくめている。

「もう小さい子どもじゃないんだから、ほっといて！」

「そう……。真名子はお母さんのこと、嫌いなんだよね」

お母さんはガクンとうなだれた。

なんで。なんでアンタがそこでいじけちゃうわけ？

力が抜けた。こんな人を相手にどなった自分がアホらしい。

「でもね、聞いてちょうだい。お母さんは心配なの。そのときは正しいと思っていても違っていることってあるのよ。とくに若いうちは。真名子は女の子だし、節度を持って、頭をよーく使って行動しなくちゃいけないの」

それはアンタのことじゃないの？　アイドルのオッカケなんかやってた自分がイヤ

だから、わたしにはマッスグ育ってほしいんだ。わたしを上手に育てて立派な母親になりたいんだ。それで昔を帳消しにできると思っている。

「お母さんは、あなたに幸せになってほしいから言うのよ」

「幸せってなに？」

「それはこれから真名子が見つけていくの」

「お母さんの幸せってなに？」

「真名子や健治《けんじ》が幸せに成長すること」

お母さんは即答した。母親の模範回答じゃなくて、別の答えが聞きたかったのに。

「そんなことなの。お母さんにはそんなつまんないことしか残ってないの」

「つまらないことじゃないのよ。あのね……」

一瞬、お母さんの顔は「どの本に載っていた言い方がいいかしら」という表情に見えた。

ぶちキレる。

「お母さんは終わっちゃってる！」

テーブルの上のフォークをつかみ、振りおろした。

「シンデレラだって白雪姫だって、結婚したらめでたしめでたし。それで終わりなんだ。物語が終わっちゃった人の幸せを押しつけないでよ。終わっちゃっている人に、わたしのことをとやかく言う権利はない！」

わたしはケーキをなんども突いた。ほんとうはお母さんに突き刺してやりたかった。でも、そこまではできない。わたしには、ぐちゃぐちゃになったケーキを床にぶちまけて困らせるくらいが精いっぱいで……。

壁に向かって逆立ちをした。

子ども部屋がサカサマになる。

わたしは宇宙船の密航者だ。船倉に隠れているとコンピューターに見つかって、空気の供給を止められる。苦しくなって逃げようとすると、通路が閉まる。まだ開いているドアを探しあて、通路に出る。次の隠れ場所を探して走る。でもじつは、コンピューターは各ブロックごとのドアを開け閉めして、わたしに道を作っている。わたしは逃げているつもりなのに、だんだん行ってはいけない場所へ近づいていく。そして罠《わな》にはまってしまう。

ドアが開く。そこは真空の宇宙。

わたしはそこで終わってしまう。

男の人はいいよね。奥窪サンみたいに、途中でやり直したって手遅れじゃない。でも、わたしはどう？　一生懸命やったって、大人になったら先は見えてる。勉強して、働いて、結婚して、子どもを産んで、せっせと育てて……わたしって、なんなの。わたしもお母さんみたいになってしまうのだろうか。

16

今日は十四歳になって五日目。朝から六度目の逆立ちをしている。毎日こんなことばかりしていたら、大人になるまえにサカサマ人間になってしまう。

おなかがすいた。あのときから、まともにごはんを食べてない。ケンジが差し入れてくれるお菓子を食べるだけ。わたしはずーっと子ども部屋にこもっている。お母さんとは口をきいていない。

お母さんに尾行されそうだから、あの庭に出かける気がしない。きのうで夏期講習は終わってしまって、家を出る口実もない。

残りの夏休みをこのせまい部屋のなかで過ごしたら、腐乱死体になってしまいそうだ。

出ていきたい。

永遠に家を出るために、早く大人になりたい。だけど大人になったら女になってしまう。つまらない女になるのなら大人になりたくない。いまのままはもっとイヤ。

玄関のチャイムが鳴った。午前中のハンパな時間に来るのは押し売りだろうか。

玄関が騒がしくなった。わざわざすみませんと、お母さんの声。お客さんだ。家にだれかが来るなんて、珍しい。

「真名子《まなこ》、いらっしゃい」

会合のセンセイかカウンセラーを呼んだのかな。そんなやつらに会うもんか。

ノックの音。

「…………」

「奥窪《おくくぼ》だけど、入っていいか」

――ウソッ！

バランスを崩してつむじを打った。

ドアを開けた。本物だ。

「なんでアンタがうちに来るワケ」

「きみのお母さんに招待された」

「あの人がどうして奥窪さんのことを知ってるの」

　耳を貸せ、と言う。奥窪サンはキッチンのお母さんに聞こえないように内緒話で言った。

「近くへ送ってきたとき、一緒にいるのを見られたらしいな。おれの車のナンバーを覚えていて、陸運局で調べて所有者を割りだしたようだぞ。あの次の晩、突然うちに来たんだ。驚いた」

「こわい」

「コワイじゃない、オソロシイだ。ふつう、そこまでやるか？　会ったこともないオバサンに、ウチのムスメになにをしたっていきなりどなられる身になってみろ」

「あの人がどなったの？」

「菊《きく》ジイサンみたいだった。きのうの晩にはお詫《わ》びの電話があった。おれのことを調べたらしい。前にも言ったけど、おれは世間的には品行方正、清廉潔白だから安心したんだろ。こんどは涙声でムスメに会ってくれっていう。マナちゃんがあれからジジイのところに来ないから、なにかが起きたってうすうすわかってたけどな。メシ食ってないんだって？」

「…………」

「真名子、お茶にしましょう。奥窪さんもどうぞこちらへ。せまい住まいですけどホホホ」

ひきょうもの。奥窪サンを利用して母親の地位の回復をはかっているのか。

「呼んでる。行こう。マナちゃんは無理にしゃべらなくていいからさ」

奥窪サンに肩を叩《たた》かれて、しぶしぶ子ども部屋を出た。

「きみ、ケンジくん？」

「は、はい」

居間でテレビゲームをしていたケンジはきょとんとしてる。

「マッスグは描《か》けるようになったか」

「まだ」

「描けるようになったらどうする？」

「丸いマルを描く」

「エライ！　思いっきりやりたまえ」

なれなれしい未知の人物に褒められて、ケンジはとまどっている。部屋から逃げだすとき、そっとわたしに聞いた。

「リュウイチってカレシはどうなったの」

へたくそな内緒話で、奥窪サンにしっかり聞こえてる。笑われてしまった。

「か、関係ないの、そんなヤツ！」

お母さんが紅茶を運んできた。

わたしはそっぽを向く。

「真名子ったらイライラしてばかりで……。カルシウムが足りないのね。奥窪さんは医学生でらしたわね。カルシウムをとるにはなにを食べたらいいのかしら」

「はあ、小魚じゃないですか」

「あらそう。真名子、小魚ですって。これから毎日、小魚を食べなさいな。小魚を食べなさいって奥窪さんがおっしゃってるわよ」

食べろなんて言ってない。

お母さんはどうでもいい世間話をだらだらしたあとに、切りだした。

「じつは、急なお願いなんですけど、奥窪さんに家庭教師をしていただきたくて」

——そんな話、聞いてない！

口にしそうになって、ぎゅっとひざを握った。

「マナコちゃんに教えられるようなことは、なにも知りませんが……」

「まあ、ご謙遜《けんそん》なさらないでください」

ムカムカする。お母さんはナンニモわかってない。

「奥窪さんは立派な大学に行かれているじゃないですか。あちらではベストセラーを書いたセンセイやニュースの解説に出ている名物教授の授業を受けてらっしゃるのでしょう。ですから、ぜひ。真名子も信頼しているようですし、あまりたいしたお礼はできないんですけど」

目が合うと、奥窪サンはニヤリとした。

「いくらですか」

単刀直入に聞かれて、お母さんはうろたえた。

「そ……相場はどのくらいなのかしら」

「相場では無理ですね。月に十万は覚悟してください」

「まあ、ご冗談を」

「おれは高いんです。近所の評判をお聞きになりませんでしたか。中学・高校といつも学年トップの成績をとっていたという話です。全国一位もありますよ。しっかりあいさつのできる礼儀正しい子どもだったとか、悪い連中とのつきあいはなかったとか、確かめたはずです。せっせと素行調査をなさったんでしょう。興信所も使ったのですか」

「興信所だなんて使ってません。私はただ……心配で、ご近所の方に話を」

「お母さん、サイテー！」

わたしはドンとテーブルを叩いて、家を飛びだした。

「おーい」

社宅の前の道をズンズン歩いていたら、奥窪サンが追いついてきた。

「歩くのが速いなあ」

奥窪サンは速度を合わせて横に並んだ。

「ごめんね、お母さんのこと」

「平気。おれは去年まで優秀な人間になることしか考えてなかったから、ちょっと探ったぐらいじゃなにもでてこない。それより、オバサンに失礼なことをした」

「あの人のほうが失礼なんだから、気にすることない」

「マナちゃんにも謝らなくちゃ」

「なんで」

「さっきの、わざと怒らせた」

奥窪サンはすまなそうににやけた。謝るよりもいたずらの成功をおもしろがってる。

まんまとはめられたってわけ。奥窪サンの前で子どもっぽいふるまいをしたくないのに。

「ひどい」

「ごめん。オバサンは一生懸命だけど、きみの気持ちは通じてないようだから、あそこにいてもらちが明かないと思ったんだ。そういうおれだって、マナちゃんがなにを悩んでいるのかわかってない」

「お母さんの代わりに探りにきたの」

「いいや。聞くつもりはないよ。おれに話せることなら、話してるはずだろ」

「じゃあなにしにきたの」

「いないほうがいいなら帰るけど」

「…………」

幹線道路の歩道橋にのぼった。長い陸橋のまんなかで止まる。ときおり過積載のダンプカーがうなりをたてて橋の下を走りぬける。悪いことをしているのはわたしだけじゃない……ダンプカーが通るたび、なぜかなぐさめられているみたいだ。深呼吸すると、排気ガスでくらくらする。騒音で耳が遠くなる。アスファルトのせいで気温は上昇している。路上の空は灰色によどんでいる。

こうしているあいだに有害物質があちこちから発生している。歩道橋の下を何十台もの車が通り過ぎて、空気は汚されていく。木も人間も病んでいく。もう、地球なんか救えないような気がする。

いつもの幻想にとらわれた。

「……死にたい」

死ねばすべてが終わる。悪いこともなくなる。いやな空想もしなくなる。オンナにならなくてすむ。汚れていくのを見なくてすむ……。

「死んでどうする」

「灰になる」

「灰になって、枯れ木に花でも咲かすのか」

「わたしがいなくたって地球は回っている」

「なるほど。それは確かだ」

わたしはじっとアスファルトを見ていた。いますぐ飛び下りたら、落ちるあたり。かげろうがゆれる。直射日光にさらされた路面は何度くらいになっているだろう。目玉焼きが焼ける熱さだろうか……。

奥窪サンはすぐ横で、じいっとわたしを見ている。視線があたってむずむずしてくる。気が散る。たえられなくなって、にらんだ。

「なに？」

「わりとキレイな目、してる。そういう目なら物の裏側まで見通せそうだ」

「なんなの、もう！」

奥窪サンは陽気に短く笑った。わたしが怒ったり赤くなったりするのがおもしろいのだろうか。

「ジジイのところで最初にマナちゃんに会ったとき、幻覚かと思った。おれはとうとう頭がおかしくなったのかって」

「わたしは人間です」

「そ。ザシキワラシでも亡霊でもなかった。人間でよかった。おれは正常だった」

「笑い方がアブナイ人だったけどね」

「マナちゃんのせいで地球が回っているわけじゃないけど、少なくとも、おれは救われた」

「救われたって……わたしなにもしてない」

「なにもしてなくても、おれにはなにかがあったんだ。それでいいじゃないか。きっと、そういうもんなんだよ。だからさ、また来いよ。洗濯物くぐりに」

「夏期講習、終わっちゃったもん」

「ジジイのところで勉強をするってことにすれば？　おれからオバサンに話しておくよ。それでどうどうと来られるじゃないか」

「お母さん、ぜったいようすを見にくるもん」

「そうだな。だけどうそついて来ているよりいいよ。おれ、オバサンこわい。どなられるの、慣れてないんだ」

「まじめだもんね」

「ははは。それだけが取り柄で」

「へんなの」

「へんだよ」

「簡単に認めないでよ」

奥窪サンは手すりにもたれて空を見た。空気のよどんでない高いところ。

「おれ、マナちゃんを待ちながらエンガワでひとりで過ごしていてわかったんだ。あの庭って、いいよな」

「嫌いって言ってたくせに」

「まえはね。いまは考えを改めることにした。家にこもっているると息が詰まりそうになる。町なかにいても落ちつかない。そんなとき庭にいるとやんわりと守られているような気がする。あの庭は天井《てんじょう》のないシェルターみたいだ」

「帆船だよ。溺《おぼ》れているわたしを助けにきたんだから」

「もう、溺れてないのか」

わたしは答えられなかった。

いまここでは溺れてないけど、問題は解決できていない。

「だったら、来いよ」

奥窪サンは寂しそうに目を細めた。

「ジジイの家はいつまでもあそこにあるわけじゃない」

17

今夜はお父さんと二人だ。ケンジは「夏の星空観望会」へ行っている。お母さんも保護者の権利を主張してむりやりついていった。

お母さんは、口はきかないけれど一緒にごはんを食べるようになったわたしに安心したらしい。奥窪《おくくぼ》のおじいさんの家に行くことは、暗くなる前に帰ることだけを条件に黙認した。奥窪サンがどういう説明をしたのかわからないけど、権威や肩書きに弱い人だから説得されてしまったんだろう。

今日の夕食は「野菜たっぷりでヘルシー」なレトルトのカレー。

お父さんと向かい合って食べていると変な感じ。お母さんがいないことは慣れているけど、ケンジがいないととても静かだ。

本当は、お父さんも星を観《み》にいきたかったんじゃないかな。わたしをひとりにしておけないからいるんだろう。どうせ仕事がなくて暇なんだから、一日くらい会社を休めるはずなのに。

ゆううつになってきた。さっさと食べて、子ども部屋へ行こう。

わたしは早食い競争に出られるかもしれない勢いで食べて、お皿を流しに置いた。

お父さんはスプーンを持ったまま、あ然としていた。

「ちょっと待て」

お父さんはスプーンを置いて、寝室から封筒を持ってきた。

「誕生日のプレゼント。わたしそびれていた」

「ありがとう……」

中には五千円。それから古い写真。

写っていたのは青い色の風景と山の稜線から出た半月だった。

「わあーきれい。明け方に撮ったの？」

「真夜中だ。シャッターを長めに開放しておくと、月明かりで昼間みたいな景色を写せるんだ。月の上に薄く写っているのは獅子座《ししざ》のレグルス。撮影場所は日光の戦場ケ原《せんじょうがはら》だ」

戦場ケ原という不気味な名前に反して、月光を集めて写した冬枯れの湿原はぼんやりと淡く、たたずむ二本の白樺の影はかすか。青紫色の夜に浮かぶ星たちは、白くにじんでいる。ひっそりとしているのに、温かくやさしい構図。

「お父さんが大学生のときに撮ったんだ」

「ありがとう。飾っておく」

「お金は大事に使えよ。貯金するのか」

「カサを買おうかな。明るい色のカサが欲しくなったんだ。お父さん、お茶いれようか」

「おう。頼む」

お父さんの大きな湯飲みとわたしの猫《ねこ》の絵の湯飲みにお茶をなみなみとついだ。猫の湯飲みはおととしの誕生日にもらったやつだった。小六のときは猫のキャラクター・グッズを集めるのに熱中していたから。

「今年はとんだ誕生日になったなあ」

いやな話。やっぱりさっさと子ども部屋へ行けばよかった。

「女には女どうしの戦いがあるから口出ししなかったが、お母さんは終わっちゃってる、あれにはびっくりした。真名子《まなこ》にはお父さんも終わっているように見えるのか」

「お父さんは男だもん。終わらないよ」

「終わりに男女は関係ないだろ。世の中いつでも女のほうが元気だよ。で、まだなにが気に入らないんだ」

「……お母さんゴッコをやめてほしい」

「ゴッコ？」

「お母さん、聖夜《せいや》クリスのライブへ行けばいいのに」

「なんだ、このあいだからずいぶんこだわっているなあ」

「好きだったんでしょう。もう好きじゃないの？」

「いや、まだ好きそうだ。寝言でうたってたときがある」

お父さんはにやにや思い出し笑いをした。不気味。

「そんなに好きなら行けばいいのに」

「そうだな。お父さんからもすすめておく。な、真名子」

「な、なに」

お父さんが笑顔を引っこめたので緊張した。

「お母さんはな、ちゃんとした母親になるのが夢だったんだよ。由可利《ゆかり》の母さん、つまりお母さんのほうのおばあちゃんは出歩くのが好きな人で、いつも家にいなかったらしいんだ。それで、真名子が生まれたとき、だらしない母親にならないよう勉強をしはじめた」

「お母さんもしょっちゅう出歩いてる」

だらしなさは遺伝したのか。わたしにもうつっていたらどうしよう。

「もともと熱中するタイプだからな。多少は母親の勉強の限度をこえているが、お父さんはそれでもいいと思っている」

「どうして」

「いつも楽しそうじゃないか」

「そうかな。わたしには無理しているように見える」

「なんであれ生きがいがあったほうが、なにもしないで家にこもっているよりいいよ」

それじゃ、わたしたちはお母さんの生きがいのダシにされているわけか。やだやだ。

「そう、いやな顔をするな。お母さんは嫌いか。お母さんみたいになりたくないか」

「……わかんない」

いくらなんでも本当のことは言えない。

「最近は結婚するのも産むのも個人の自由っていわれてるけど、真名子にも、いつか結婚して『お母さん』になってほしいと思ってる。お父さんは孫の顔が見たい」

お父さんはあわててつけくわえた。

「すぐじゃないぞ、ずっと先の話だからな」

「まだ結婚できないよ」

「されてたまるか」

お父さんは豪快に笑った。今日はよくしゃべる。話が続くのはケンジのじゃまが入らないからかな。

「あのな。真名子たちには、お父さんやお母さんは完全無欠の大人に見えるかもしれないけど、なってみるといろいろあるんだよ」

わかってるよ、と言いそうになった。

「先週の日曜、お父さんはひとりで日帰りで田舎《いなか》に行ったんだ。お盆に帰らないから、はやめにご先祖様に線香をあげようと思ってな。それでな、真名子も気づいていると思うが、お父さんの会社がここんとこずっと不安定でな……おばあちゃんの前でポロッと弱音を吐いたら、ハエタタキで叩《たた》かれたよ。いい年して、いい年した息子に手を上げるんだぞ、力の差は歴然としてるのに。叩かれながら笑っちゃったよ。親にとってはいつまでたっても子どもは子どもなんだな。一緒にいたころはいやでたまらなかったけど、ああいう親でよかったのかもしれない」

お父さんが仕事で悩んでいたなんて、意外だった。毎日ただぼんやりテレビゲームをしていたんじゃないんだ。

「こんなことを話すと、父親らしくないってお母さんに怒られそうだけどな、お父さんはいつも子どもがうらやましかった。子どもは成長できるだろ。成長の止まった大人と違ってやり直せる。でもなあ、完全な人間なんかいない。だから大人だって、いつでもやり直せるんだ。年をとればとるほど辛《つら》くて勇気がいることだけど、終わりはないんだよ」

「会社、やめちゃうの？」

「いいや。いつでもやり直せると思ったら、もう少しがんばってみようという気になった。ま、だれにでも悩みはあるって話だ」

「あ、そう」

なんだ、そのくらいわかってるよ。

そろそろ話を打ち切りたいと思ったけど、聞いてほしそうな顔をしているからとどまった。

「このあいだ真名子が作ってくれた料理はなつかしかったなあ」

「なんで。本を見て作ったのに」

「新婚時代のお母さんと同じ作り方だった」

――ショック。

「慣れだよ、慣れ。そのうち、ぱーっと作れるようになる」

そんなふうにはなりたくないったら。どうしてわたしがだれかのために料理をしなくちゃなんないの。お父さんも女が料理をして当然だと思っているのか。

「なんで女が家事しなくちゃいけないの」

「いけなくないぞ。古い考えだなあ。いまは男だの女だの関係ない家もあるし、女性宇宙飛行士だっているだろーが。お前がいやなら家事の好きな男を探すか、好きになった男に家事を覚えさせればいいことだろ。頭を使え、頭を」

あ、そうか。その手があった。

「お父さんはどうしてしないの」

「う、あ、ゴホン。必要とあればやるさ」

お父さんは居間に逃げた。しかたないからわたしが汚れた食器を洗った。

「おい真名子、ちょっと来てみろ」

「なあに」

「仲間が出てるぞ」

テレビには、気持ちわるい生き物が映っていた。

「ナマコだ。わっはっはー」

「………」

お父さん。そうやって、わたしがいつも名前をからかわれているのがわかんないの?

「どうして真名子ってつけたの」

「どんぐりマナコの真名子だ」

「ほんとうに？」

「顔がマナガツオみたいだったからだ」

「まじめに聞いてるのに」

「わるいわるい。メラネシアのマナって言葉からとったんだ。この世のすべての物のなかに住んでいる秘めた力や神秘のエネルギーのこと。一種の運やツキのようなものだ。マナがあるってのは運がいいとかツいてるっていうのと同じなんだ。お前は生まれてくるとき、気管に羊水が入って呼吸ができなくなって、一時生命《いのち》が危なくなったんだよ」

「溺《おぼ》れたの？」

「そういうことだな。最初の子だからとても心配だった。お父さんもお母さんも、どうか生きてくれって祈ったよ。医者に無事だって言われたとき嬉《うれ》しくってなあ、おじいちゃんもおばあちゃんも大泣きして大変だった。初孫だものなあ。それで、お前は生まれたばかりに不運な目にあったから、これから先、運がついてまわるように名前にマナをつけたってわけだ。運子っていうよりましだろ」

そりゃ、ねえ。

「漢字はお母さんが考えた。自分でつけたいっていうからさ」

「ふうん」

わたしは居間のドアを閉めるまえにもういちど顔を出した。

「ねえ。生まれるときの記憶ってどこかに残っているのかな」

「どうかな。思い出せないだけで、残っているかもしれないな」

18

久しぶりに着た緑丘《みどりがおか》中学の制服は、暑苦しかった。あと一週間で夏休みが終わるんだから登校日なんか作らなければいいのに、学校のやることってよくわかんない。

教室のなかは、日焼けしているコしてないコ、雰囲気の変わったコ変わってないコ、いろいろだ。わたしは変わったのかな。どんなふうに見えるのだろう。クラスじゅうがいちどに見られる鏡があればいいのに。

まだユウキたちは来てないし、だれかとしゃべりたい気分じゃなかったから、わたしは席につくとすぐ机の上に本を広げた。

「マナコちゃん。おはよう」

いちばん最初に会いたくないやつに話しかけられた。ナツミだ。

「休み中、どこか行った？」

「べつに」

「元気だった？」

「ふつう」

「あのう、講習に来なくなっちゃったから、わたし……」

「うちに電話してくれたんだってね」

――よけいなことしないでよ。

口に出せないから、にらみつけた。ナツミは顔をうつむけた。

「ごめん。ずっと来てないから、なにかあったのかと思って」

「なにもないよ」

「おはよ。なに深刻な顔してんの」

ユウキがミサを引き連れてやってきた。

「夏バテだよ。なんで登校日なんかあるの」

「えー、いいじゃない。みんなに会えて」

「ちょっと、ユウキ」

ミサがユウキをつつく。廊下を指す。ユウキの目がかがやく。

「おーっす、ばかナツミかん」

教室に入ってきたアキラがどんとナツミの肩を押していった。わざわざ遠回りをして自分の席へつく。

ユウキが怒る。

「なにすんのよ。かわいそうじゃないの！」

「うるせー」

ユウキはアキラが好きだ。アキラはナツミの幼なじみで、会えばかならずちょっかいを出す。ユウキはナツミをかばうことでアキラの気を惹《ひ》こうとしている。ナツミは自分が利用されてるだけの友だちだってわからないんだろうか。

わたしたち四人。二年になってクラス替えをしてからなんとなく一緒にいるけど、ほんとうに通じ合ってない。ユウキとはたまたま一学期の席が隣だった。そしてユウキのまわりでうろうろするミサとしゃべるようになった。ナツミはしばらく孤立していたけど、ユウキがアキラからかばってやるようになって、輪に加わるようになった。そういう関係だ。

予鈴が鳴って、教室につぎつぎとクラスメートが入ってくる。久しぶりに会ったコどうしが騒いでいる。旅行の自慢話で盛り上がっているところ、日焼けを競っているところ、みんなバカみたいに明るすぎて元気すぎて、見てるだけで疲れちゃいそう。

「先生が来たぞ!」

廊下側の男子が叫んだ。みんなはおしゃべりを打ち切って席にもどりはじめる。ユウキとミサもさっともどった。

ナツミだけがわたしの机のところに残った。テンポがずれているから珍しいことじゃない。

「あのー」

「なに?」

「うちにクーラーないの」

「あ、そ」

「だっだからたいてい中央図書館で勉強してるのユウキちゃんとミサちゃんもたまに来るの気が向いたらマナコちゃんも来てね資料コーナーの机にいるから」

ひと息で早口に言うと、ナツミはひらりと席にもどった。

19

登校日から帰ると、玄関に見覚えのない女物の靴が三足あった。かかとの細い黒いハイヒールと、ババアっぽいウォーキングシューズと、はきならされた焦げ茶色のローファー。

居間からにぎやかな談笑がもれている。壁の薄い社宅だというのを忘れて、キャーキャー笑っている。

お母さんが出てきた。

「お帰り。友だちが遊びにきてるの」

お母さんにサルみたいにキャーと笑う友だちがいるなんて、想像したことがなかった。

「お昼ごはん、冷凍庫にあるから」

声に出さないで返事。
お母さんはガラスのポットに冷蔵庫の麦茶をつぎたして居間にもどった。

聖夜《せいや》クリスも老けたわね。踊りにキレがない。
だめよ、それを言っちゃ。
ワルのリーダーがフツーの大人になっちゃったって感じ。
それなりにいいわよ。
うちの息子、テレビで見るなりナニコレ、サイアクゥ。
あのころはいい歌だったのよ。
私、昔を思い出して泣いちゃったわ。
イヤダア。

思い出話にバカ笑いしている。
お客さんにあいさつをするかどうか迷ったけど、やめた。
制服を着替えて、冷凍庫から食べ物を出して電子レンジで温める。焼きおにぎりだ。市販《しはん》の、じゃなくて、手作りの。

おととい。

ケンジがキレた。自然の家に泊まってから少しようすがへんだった。お母さんも一緒だったから問題ないだろうと心配していなかったけど、ケンジはずっと胸にためこんでいたらしい。

会合帰りのお母さんがテーブルに並べていた自然食スーパーの健康グラタンを前にしてしばらく黙りこんだあと、言った。

「おにぎりが食べたい」

「あら、おにぎりは買ってこなかったのよ」

「おにぎり食べたい！」

「じゃあ買いにいってくるわ」

めんどうそうに言われると、ケンジは大きな瞳をうるうるさせた。

「ちがうよ。お母さんのおにぎりだよ。手のひらで握った、三角形の、のりと塩のおにぎりが食べたい！　自然の家のオバチャンが作ったみたいなやつだよ。シーチキンとかタラコマヨネーズとかじゃなくて……中になんにも入ってなくてもいいから……

ぼく、お母さんが握ったおにぎりが食べたい！」

目のふちにいっぱい涙をためて叫ぶケンジは、ナチュラル・ケンジだった。変身後のオウチモード・ケンジを真の姿だとばかり思っていたお母さんは驚いて声も出ない。

「オバチャンたちとみんなでおにぎりを握ったとき、お母さんは作んなかった。どうして作らなかったの」

おにぎり食べたいコールに圧倒されて、お母さんは白状した。

「三角形に……握れないのよ」

「やっぱり」

大人みたいな失望の吐息だ。

「おねえちゃんは？」

「え……」

知らないふりをしてテレビを見ていたわたしはギクッとした。軽蔑《けいべつ》の目。小さい子のケーベツってすごく怖い。

「ぼくが教える」

ケンジは炊飯器いっぱいにごはんを炊くと、無理やりおにぎり講座を始めた。

夜。仕事から帰ってきたお父さんは、テーブルの上に不格好なおにぎりが食べきれないほど並んでいるのを見て目を丸くした。のりが足りなくて、半分は白い姿のままだ。

「にぎりめしか。なつかしいな」

お父さんはスーツ姿で左手に通勤かばんを持ったまま、手を洗わないでのりのやぶれた変な三角をつかんで、大きな口でムシャッと食べた。

「うまい」

「あー。それお母さんの第一号だったのに」

「夫の特権だ。真名子《まなこ》のはどれだ。父親の特権だ」

お父さんはわたしが苦労して作った正三角形のおにぎりを食べた。

「定規で測ったような味がする。ケンジのはどれだ。この、いちばんうまそうなやつだな」

お父さんはごはんの粒の形がほどよく残ってつやつやしたおにぎりをぱくぱく食べた。

「うわー、食べられちゃった」

ケンジは悔しそうに言って、すぐケタケタ笑った。

「ぼくもお母さんのヘンテコ三角食べるぞ」

上機嫌で食らいつく。いつのまにお父さんにそっくりな食べ方を覚えたんだろう。

「お父さん、おにぎりって握った人の手の大きさになるんだよ」

「おお、そうだそうだ」

「おねえちゃん、おにぎりってゴハンの味がするよね」

「あたりまえ」

小声で冷たく答えた。やっぱ手作りは微妙に味の質が違うよ、なんて恥ズイことを言う気になれない。むっつり黙って食べる。

「お母さん、おにぎり作るのって楽しいでしょ」

「でも、こういうのは——」

「楽しいのが栄養」

さえぎるようにお父さんが言うと、ケンジはまねをして繰り返した。お母さんは「そうね」と言ったけど、食事のあいだしょんぼりして見えた。こんなこと、はじめてだ。

みんなが食べ終わっても、おにぎりは半分以上残っている。いつまでたっても変化しない現実を前にしてお母さんは途方に暮れた。

「どうしよう、こんなに残って」

「焼きおにぎりにして冷凍したら？」

「お母さん、作ったことないよ」

「ミサから、みそとみりんを混ぜたタレを塗ったのが大好物って聞いたことあるけど」

あんまり情けない声を出すから、わたしはうっかり口をきいてしまった。

「そう？　じゃ、ためしてみよう」

それからお母さんは自信なさそうに焼きおにぎりを作った。ところが、予想以上にうまくできると急に元気をとりもどして、八月になってあいついでキレたケンジとわたしの口に無理やり煮干しをつっこんだ。「カルシウム！」と言いながら。

その変な形の焼きおにぎりを、わたしはゆっくり静かに食べた。

居間の声は耳に飛びこんでくる。

みんなが勝手にしゃべるから、話はつぎはぎだらけで、あちこちに飛んでいた。お客さんはミッチーとトッコとレーコらしい。例の留守番電話のレーコさんはブティックを経営しているようだ。トッコには単身赴任のだんなサマと来年成人する息子がいて、スーパーでパートをしているらしい。ミッチーはやむにやまれぬ事情（？）で実家にもどって家業を手伝い、いまはクマのぬいぐるみ作りに熱中している……らしい。

みんな別の世界の人なのに、親しそうに話しているのは不思議だった。


ユカリはオバさんと仲直りしたの？

ずいぶん会ってないわ。

へえ。ほんとうにウマが合わないんだね。

オバさんの反動でいい母親やっちゃってるんでしょう。よかったんじゃない。反面教師ってやつで。

もう、なにがいい母親なのかわかんないわよ。あ、そうそう。みんなに書いてもらったお祝いの寄せ書き、まだ大切にしてるの。披露宴の色紙のこと覚えてる？

ああ、ダンナさんの友だちが五百円硬貨をはった色紙ね。

食器棚にしまってあるの。

なぁんで食器棚なの。

いつでもすぐ見られるところに置きたかったの。親たちには反対されても、みんなに祝福されたんだって覚えておきたかったから。

あたし、なんて書いたかな。

とってくるわ。


目の前で居間のドアが開いた。

わたしが青ざめるよりも先にお母さんが赤くなった。

「あら、娘さん？」

超ロングのちりちりヘアの人がけだるそうに言った。

「真名子です。こんにちは」

とりあえず、あいさつをする。

スーパーの野菜売り場が似合いそうなおばさんが目を輝かせた。

「マナコちゃん？　そうだ、聖夜のリーダーの奥さんの名前と同じなのよね！」

——そうだったのか。もう。

ふくれると、お母さんはあわてた。

「違うの、それは偶然の一致よ」

「そうよ、友だちの娘さんの名前くらい覚えておきなさいよ。真の名前の子って書くのよね。『ゲド戦記』よ。学生のころにわたしがユカリの誕生日にあげた本よね。うれしいわあ」

めがねをしていたおばさんがにこにこ笑った。

「なにそれ、ミッチー」

「本を読まない人にはわからないのよ」

「うわー、相変わらずヤーな言い方」

「相変わらずってなにい」

「トッコだって相変わらずだぜ。再結成を電話で教えたとき、コイツったら、いきなりワカイころを思い出して泣いてんの。もう、号泣」

「やめてよ、真名子ちゃんがいるのに」

「あら、いいじゃない。大人なんて、こんなものなのよ」

レーコさんは言った。

「ユカリ、悪い見本にもなってやんなさい。あのころのアナタがあって、いまのアナタがあるんだからね」

「レーコったら、相変わらず語る語る」

「ミッチーだって相変わらず……」

「だめよ、いい見本にならなくちゃ」

「待って。今日は来月の復帰ライブの相談じゃなかった？」

わたしはそっと居間を抜けた。

お母さんはライブへ行く気になったらしい。

行きたいんなら、行けばいいんだ。

壁に向かって逆立ちをしたら、とてもすっきりした。

今日は行かない予定だったけど、奥窪《おくくぼ》のおじいさんの家に行くことにした。

玄関で、あそび塾帰りのケンジに出くわした。

「だれか来てんの」

「お母さんの友だち」

「へえ、お母さんにも友だちがいたのか」

「あたりまえでしょ」

「おねえちゃん、お母さんと仲直りしたの？」

「まだ。どうして？」

「すごく嬉《うれ》しそうだから」

「それは……あの人が似合わない変身をやめたからかな」

「変身？」

笑い声が重なって、ひときわ高くなった。

「怪獣みたいな声がするよ」

「オバサンだよ。あいさつしてきたら？」

ケンジはおどおどしながら居間に入っていった。

カワイイ！
オネーサンの隣に座りなさいっ。
ボクなんて名前？
何年生？
好きな食べ物は？
ケンジの声は外の階段まで聞こえた。
「お母さんの三角のおにぎり！」

20

八月の最後の日。中央図書館の自動ドアはひんやりした息をわたしに吹きかけた。図書館に来たのは久しぶり。家にはお母さんの本があったから、わざわざ借りにくる必要がなかった。

昼下がりの館内は混《こ》んでいた。どこの席も埋まっている。お年寄りや学生が多い。このなかにナツミはいるのだろうか。

「あ、マナコ!」

雑誌のコーナーにいたミサに見つかった。ミサは声が大きいから恥ずかしい。

「あっちにユウキとナツミがいるよ」

ミサに手を引かれて本棚の迷路を進んだ。

ユウキたちがいたのは資料コーナーの調べもの用の丸テーブル。落ちついた場所だ。

ユウキはテーブルにファッション雑誌のバックナンバーを山積みにして読んでいた。ナツミは分厚い物語を読んでいた。

「あらぁマナコ、ここに来るなんて珍しい。それ、大人っぽい服だね」

ユウキは上から下まですばやくチェック。

自分でも背伸びしすぎている服のような気がするから照れる。

アイスブルーのロングのワンピース。花柄プリントとシフォンの透ける生地が二重になってる。ベルトのないストンとしたシルエットなのにウエストに切り替えがあって、スタイルがよく見える大人の服。今日はじめて着た。今年の夏が終わるまえに着てみたかったから。

「お母さんが友だちのブティックを手伝うことになったの。そこの売れ残りだって」

「へえ、いいなあ。似合うよ。モデルみたい。ねえ、ミサもそう思うでしょ」

「すっごく、いいオンナって感じ！」

「シーッ」

ナツミが口の前に一本指を立てる。

「もうちょっと声おとして」

「はいはい」

ミサが縮こまる。

「で、マナコ。今日はどうしたの」

「ちょっと。本を借りにきたの」

「夏休みの最後の日にすごい余裕」

「こんな日に宿題すんでないのはミサくらいでしょ」

「うそー」

「なんの本？」

ナツミは遠慮がちに聞いた。

「うろ覚えなんだけど、『ゲド戦記』っていうんだ。たぶん」

「それ知ってる。持ってきてあげる」

ナツミはリスのすばやさで本棚の森に消えた。

「ユウキとミサが図書館にいるって、変な感じ」

「ここなら雑誌が読み放題だもん。涼しいし、みんなに会えるし。ねー」

「たまにアキラが来るってナツミに教えてもらったんだよーん」

「やめてよ。そんなんじゃないったら」

ユウキの顔は正直な反応をした。

ナツミのやつ、人の動かし方をしっかり心得てる。

「ぼんやりしてどうしたの？」

「べつに」

「座ったら？」

「うん」

同じテーブルの、空いているイスにかけた。ユウキは雑誌を読みはじめ、ミサは宿題にとりかかった。

ナツミは本を持ってきてくれた。探しものは外国の人が書いた物語だった。第一巻。表紙を見て、ひらいた。目はゆっくり活字を追う。だけど、内容はつかんでいない。

わたしの頭のなかは、あの庭のことでいっぱいだったから……。

きのう。

奥窪《おくくぼ》サンはシーツをかぶってヒャクニチソウの列に突っこんでしまった。風が気持ちよかったから洗濯物を取りこみながらオニゴッコをはじめて、ふざけすぎてしまったせい。

「わっ、汚れた。せっかく洗ったのに」

「どうせあしたも洗うんでしょ?」

洗濯は毎日繰り返されていた。

朝、洗濯板で躍起になって洗っている奥窪サンの姿は「格闘」という感じ。指の皮ががさがさに荒れても、必ず手で洗ってた。洗濯とおじいさんの日記を読むことが、奥窪サンの夏の日課だった。

「いいや、洗わない」

奥窪サンは泥のついたシーツをぐしゃぐしゃと丸めた。

「洗濯は今日で終わり」

「どうして?」

「干す場所がなくなる。あした、この家をつぶす。ジジイの相続税を払うのに、土地を売らなきゃならなくてさ、前から八月の終わりって、決まっていたんだ」

「そんな……」

わたしには突然の出来事だった。

庭のまんなかから古ぼけた家をながめた。主人のいない家は、晩夏の黄色みがかった光の下でますます寂れてみえた。

——この家がなくなるなんて……。

いつか、そういうときがくるのはわかってたけど、その日があしただなんて急すぎる。

「毎日きれいにしてくれたのに、ごめんな」

笑顔で謝られてもぜんぜん嬉《うれ》しくない。でも怒る気持ちにはなれなかった。奥窪サンの顔を見て、許した。ずっと言いだせなかったんだろう。わたしもつられて笑っていた。こんなときに笑えるなんて、ふたりとも不器用。

「ま、ここがなくなっても、マナちゃんには会えるから」

「会ってあげる」

「あげるじゃなくて、会ってください、だろ」

奥窪サンは家の裏から植木バサミを持ってきて庭の花を切った。帰るとき、花束をわたしにくれた。ひとつの約束と一緒に。

——あしたは、ぜったいに来るな。


チラチラと目の前でなにかが揺れた。ミサの手だ。

「マナコ、ぼーっとしてる」

「ちょっと考え事」

本は最初のページから進んでいない。

「なにかあったの」

「べつに」

わたしはもういちど一行目から読みはじめた。読んでるつもり。気が散って読めない。

「やっぱり……聞いてくれる？」

「ナニナニ」

ミサは好奇心まるだし。ユウキはテレビの身の上相談員みたいにうっすら微笑《ほほえ》んで、ナツミはほんの少し顔をかたむけた。

わたしはすぐ本に目を落とした。

いやだ。やめよう。話したって、しょうがない。

長く沈黙してからそっと顔をあげると、みんなと目が合った。ユウキもミサもナツミもわたしが話しだすのをしんぼうづよく待っていたんだ。話そう。

「あ、あのね……。たとえば、トモダチがつらい思いをしているようなとき、なにかをしてあげたいよね。だけどわたしにはそれを助けてあげることはできない。たぶんその人はひとりになって考えたいときだし、そっとしてあげるのがいちばん相手のためになるとわたしもわかってる。でも、なにかしてあげたい。そんなとき、どうしたらいい？」

ユウキはうーんとうなってから言った。

「そういうのって難しいね。たぶん、あたしは気になっても放っておく。オセッカイって思われたくない」

「あたしだったら一緒にパーッと騒いで忘れる」

「ミサったら、ひとりになって考えたいっていうのに、そんなことをしたらかえって大迷惑《だいめいわく》でしょ」

「えへへ」

「ナツミは?」

ユウキが聞くと、ナツミはみんなの三倍くらい間をあけて悩んでから言った。

「電話する」

「それもヒンシュクかうよー」

「だ、だけど、ひとりで考えすぎるのもよくないと思うの。気になるなら、声をかけてみる。そのときはつっぱねられるかもしれないけど、いつか……伝わると思うから……」

「勇気あるなあ」

ユウキに褒められるとナツミは赤くなって物語のなかにもどった。

「そういうのって相手によるし、難しいよ」

「みんないいって思うことが違うもんね。あ、マナコもう帰るの」

「ごめん。用事を思い出した」

わたしは本を抱えて立った。

「聞いてくれてありがと。じゃあね」

「うん。あした学校でね」

「バイバーイ」

「…………」

ワンテンポ遅れてナツミと目が合った。そうだったんだ。自分のことで頭がいっぱいで、ナツミのやさしさに気づけなかったよ。わたしはナツミだけにわかるように口を動かした。あの時の電話、

アリガトウ。

21

更地になった空間は、思いのほかせまかった。

奥窪《おくくぼ》のおじいさんの家は跡形もなくなっていた。庭の草花も低花木も消え、自治体の保存樹指定を受けていた古いサクラの木だけが敷地の両端に残った。

解体機械のタイヤのあとに、かたむいた陽の影が長く落ちている。

奥窪サンはサクラの古木の下で背中を丸めて座っていた。

「ごめん、来ちゃった」

ぜったいに来るな、と言われていた。

壊れる家を——それを見る奥窪サンの姿を、他人のわたしが見ちゃいけない気がして約束をのんだ。だけど、来てしまった。どちらのようすも気になって……叱《しか》られる覚悟はできている。

わたしは二人分くらい離れてしゃがんだ。

「きれいになくなっちゃったね」

「あっというまだ。すっきりしたよ」

今日の朝まで、そこにあったはずだ。

人の想《おも》いや時の流れなんか関係ない。それをひとつひとつ重ねる作業に比べて、失うときってなんて早いんだろう。わたしにはたったひと月。だけど、両手に抱えきれないくらいの想いがそこには詰まっていた。

「まえ、マナちゃんは言ったよな。おれは怒ってるって。でもほんとうは哀《かな》しいんだって。ようやく自分の気持ちを認める気になったよ」

ゆっくり顔をあげた奥窪サンは、疲れた表情をしていた。怒っても笑ってもいない。少し目が赤い。

「きっかけはつまらないこと。小学生のときに立て続けにテストでひどい点をとったんだ。学校を休んで両親と旅行に行っていたから、できなくてあたりまえだったんだ。だけどジジイに怒られた。それでケンカが始まって、仲直りできないうちにジジイが診療所を閉じた。いつもおれに跡を継げっていってたのにさ。失望されたと思ったよ。それが誤解のはじまり。悔しくて、体を壊すほど勉強した。どんなに勉強しても、名誉を挽回《ばんかい》した気がしなくて苦しかった。好きだったから、いつまでも認めてくれないジジイが嫌いになった」

奥窪サンは指で地面に×をいくつも書いた。

「診療所を閉じたのは近所にたくさん病院ができて患者が減ったせいだった。続けるには建物や設備が古かった。それに、おれが建築家になりたいと親に話したのを知って、建物が残っていたら将来の重荷になるからって。なにしろおれの父さんは医者になりたくなくて、いちど出ていった人だから……。

ジジイはひねくれた人でさ、自分を弁護したり釈明したりするくらいなら、人に嫌われたままのほうがいいって信条だったんだ。おれはずっと誤解したまま、ジジイを嫌うようになってしまった。ひねくれ者のせいで、うちの両親の仲にもひびがはいった。年老いたジジイに対する意見の不一致から家庭内別居ってやつに発展したんだな。それでますますおれの恨みは深くなるわけだ。ジジイを見返すためだけに、おれは一流の医者になろうとした——ジジイが死ぬまでは」

地面の×を消して、気持ちを落ちつけるように深呼吸をした。

「ジジイの日記には、ふだんの言動からは信じられないことが書いてあった。おれのこと、父さんのこと、先に亡くなったババアのこと。反《そ》りが合わない母さんへの気づかいまで、こまごまと書いてあった。まるで別人が書いたみたいに。

おれはジジイのそういうところが卑怯《ひきょう》に思えた。死んでから善人になろうなんて……残された人はどうしたらいいんだい。傷つけられた人のためにもジジイは悪者でいつづけるべきなんだ。ヤツがいなくなってセイセイしたって言えないじゃないか。残されたほうが、取り返しのつかなくなった時間を後悔するだけじゃないか。だから、おれは怒ってた。復讐《ふくしゅう》できなくて、悔しかった……！

この十年間、ジジイをぶちのめすことだけを考えていた。それが、突然ジジイが消えて、おれは目的をなくした。医者になりたくて、こんなふうになりたくてわき目《め》もふらずまじめにやってきたわけじゃない。いったいおれはなにをやってたんだろう……恨みや憎しみのためにたくさんの時間を浪費しただけだった。皮肉にもジジイが死んでくれたおかげでおれは愚行に気づいた。だけど、これからどうしたらいいのかわからない。情けなかったよ。それがまたジジイへの憎しみになった。都合の悪いことはぜんぶジジイのせいになる。

この家をつぶすことになったときは心底ホッとした。ジジイの思い出になるものが消えるから。なのに、一方で意地張って最後までなにもしてやらなかったことを後悔してた。あとからあとからわいてくる二つの感情に納得いかなくて、ここに通うようになった。するとなにかやらずにいられなくて、おしいれで生前ジジイが使っていたゆかたを見つけて洗濯をするようになった。なにもしてやらなかったけど、いまなにかをしていればその間だけ忘れられるだろう。

おれは哀しかったんだよな。もしもマナちゃんに会ってなかったら、いつまでも悔しがることしかできなかった。ありがとうな」

「わたし、なにもしてない」

「したよ。いまだって、来てくれただろ」

「いるだけでいいの？　カカシみたいに」

奥窪サンはゆっくり微笑《ほほえ》んだ。

「カカシだったらカザグルマと一緒に持って帰ったのに。あのカザグルマ、きのう、おれん家《ち》に持ってった。もらっていいだろう」

「うん」

「あれって、したたかでカッコイイよな」

「そうかなぁ」

「それでいて、カラカラぴかぴか愉《たの》しそうなんだよ、だれかさんみたいに……。あれ？　今日はいつもと違う雰囲気の服を着てるな。その色、似合うよ」

声の調子がいつもの奥窪サンにもどった。

「……ありがとう」

服じゃなくて、色ね。似合うのは。

「もうここには来ないの？」

「土地の買い手はついてる。すぐに工事が始まるから」

「洗濯物の似合う場所だったのにね」

「マナちゃんのおかげで、最後にいい思い出ができたよ。どう考えてもイヤなジジイだったけど……やっぱ、いないのは寂しいな」

夕暮れの風が、庭に落ちたサクラの影をざわざわと揺すった。梢は潮騒のように鳴る。

わたしの帆船は去った。

奥窪サンは見えない家を見ようと目をこらした。

「家も悲鳴をあげるんだ。すごいよ。ショベルカーが屋根を破るときなんて、肉食恐竜が瀕死《ひんし》の恐竜を襲っているみたいだった。柱がギイギイきしんで痛がるんだ。殺さないでくれって。ディーゼルエンジンもうなる。機械と家が硬い音でこすれあう。そのうち板がバキバキ折れて、屋根のカワラがものすごいほこりを立ててばらばら落ちて……見てられない。だけど、見たよ。おれが見てやらなくちゃ、なくなっちまうもんな。ジジイの代わりに家をみとってやった。これで……許されるかな」

きっと、許してくれるよ——なんて、わたしは言ってあげられない。いま言葉を口に出したら、わたしのなかで対流している想いが軽くなってしまう。想いと同じ重さの言葉なんて、見つからない。

「帰ろうか」

「……うん」

奥窪サンは敷地の中心に行って、名残を惜しんでぐるりと見回した。

たったひとつの長い影は、とても寂しい。

わたしはその記憶の家にたたずむ奥窪サンをだきしめてあげたいと思った。

でも、できるわけがない。だれかの想いを壊さずに包んであげられるほど、わたしは加減のわかる大人じゃない。

もどかしくて、ぎゅっと自分の腕をだきしめた。

大人だったら、こんなとき、上手になぐさめる術《すべ》を知っているんだろう。

どうしてわたしは子どもなんだろう。

早く、いますぐ大人になりたい。この服がほんとうに似合うような大人に。色だけじゃなく、服が似合うって言ってもらえるような大人に。こんなとき、大切なだれかをふわっと包みこめるような、まるごと受け止められるような、ひろびろとした存在になりたい。

この八月の庭の、洗濯物みたいに――。

あとがき

こんにちは。梨屋《なしや》アリエです。

ペンネームは不真面目《ふまじめ》ですが、ニンゲンのほうはわりとマジメそうと言われます。でも一般的に「マジメな人が書いた話って堅くてつまらなそう」というイメージがあって、それだけの理由で本を読んでもらえなかったら困るので「不真面目な人」になろうと決意し、去年おもいきって髪を赤く染めました。（よい子はまねしないように）

そんなわけで「不真面目な人が書いた話って面白そう」といつか誰《だれ》かに言ってもらえることを期待していたら、ある人から『不真面目＝髪を染める』という発想自体が貧困で古臭くてマジメであるとの指摘を受けてしまいました。

「もうマジメそうじゃないぞ。ふはははっ！」と喜んでいたのは鏡のまえのヒトだけだったようです。ちなみに他人の目にはオシャレで染めているように見えたそうな。オシャレだなんて滅相もございません。ものすごい誤解をされてて、あ〜はずかしいっ。

ところで、この作品はフィクションであり実在する人物・団体とは一切関係ありません、というあたりまえなことをマジメにお知らせしておきます。二作目が出版されるころには、もっとちゃんとした不真面目な人になっているように一生懸命ドリョクしたいと思います。よい勉強法があったら教えてください。

（読者ツッコミ用余白）

文末になりましたが、選考の諸先生方、担当の木下陽子さん、出版に際してお世話になりました関係者のみなさまに心からお礼申し上げます。

一九九九年　四月

ありりん@自宅

文庫版のあとがき

改めて、こんにちは、梨屋アリエ、こと、ありりんです。

はじめましての方、お久しぶりの方、毎度おなじみの方、どなた様も、どうぞよろしくです。

なんと、文庫版のあとがきですよ！　児童文学として発表されたというのに、一般書の文庫版を出す日が来るなんて、夢にも思いませんでした。万歳三唱。

さて、みなさん。

唐突ですが、あまりなじみのない作家の本を買うとき、わたしは作品の冒頭よりも先に、あとがきをチェックするタイプでした。いま、この本を手にしている人のなかにも、同じタイプがいらっしゃると思うのです。

が、もしもその本の中に、「あとがき」と「文庫版のあとがき」と「解説」がついていた場合、世の中のあとがき愛好者様は、いったいどこから読むのでしょうか。

本文から順番に読み進む人にはどうでもいい話題かもしれません。あとがきや解説はじゃまくさいから一切読まないという贅沢な人も存在するし、こんなことをごちゃごちゃ書いていると、どっから本を読もうとそれは読者の自由だ、と権利を主張したくなる方が現れるかもしれません。

作者が気にしても仕方がないと思うのですが、まずここでは、最初のあとがきの後日談を書こうと思っているので、こっちのあとがきから先に読みはじめる人がいたら、話が分かりにくいだろうなぁと、心配なので……。ええと、つまり、ここまではそう説明したいがための前置きでした。長っ。

さて、みなさん。

この『でりば』の単行本が出版されたとき、読者様の反応が、あとがきが面白くてよかった派と、あとがきがないほうがよかった派の二つにパッカリ分かれてしまいました。

わたしは、新人作家があとがきで自作についてあれこれ語るのは、どうも妙な気がしたのです。ネタバレするのは嫌だし、極端にへりくだったり自画自賛したりするのは鼻につくだろうし、謝辞の羅列ではつまらないし……。

せっかく読んでもらうなら、本のオマケになるような面白いもので、インパクトのあるものにしようと、少ない知恵を最大限に絞って、限られた文字数で書いた結果が、アレでした。

あの妙に浮かれたあとがきがきっかけで、本文を読んでくださった人もいらしたし、あとがきへの感想をいただいたりもしたので、あれはあれで、書いてよかったと感じています。

しかーし。

一部の大人から、あのあとがきは物語の読後感をぶちこわしている、とか、児童書なのにふざけすぎている、とか、作者はでしゃばるな的ご意見をいただくことになり、わたしは深く反省しました。

世の中には、あとがきを作品の一部として、食後のコーヒーでも味わうように堪能したい方がいらっしゃったのですね。自分ではいつもあとがきから先に読んでしまうので、余韻のことなんて、まったく意識していませんでした。

なので、もしもこれからあとがきを初めて書く新人作家さんがこれを読んでいらっしゃいましたら、不肖の身ではありますが、余韻を入れる配慮を忘れないように、とアドバイスしたいと思います。

初めての本で世間様の反応にビクビクしていた時期、「あとがきがないほうが良かった」という率直なお言葉は「お前なんていないほうが良かった」くらいの尖った氷塊となって作者の胸にグサッと到達するなんて、誰も思わないでしょうからね……。

ふっ。

（作者の余韻用の余白）

さて、みなさん。わたしがこの文庫版のあとがきで書きたいのは、そんなうらみつらみではありません。

最初のあとがきに書いたように、当時のわたしは髪を真っ赤に染めていました。自分で染めたので加減が分からず、いきなりド派手な色でした。

で、それ以来、不思議なことに、初めて会う目上の人からは「きっとコイツは子どもの頃からすごいワルだったのだろう」と思われるようになり、そのような接し方をされるようになってしまいました。

自分で言うのはナンですが、中・高生時代のわたしは生まれたままの黒髪で、脱色や加工（！）も一切せず、規則は守られるためにあるのだと信じていたし、校則違反をするヤツってかっこわる〜いと思うようなタイプでした。だから、その時だって髪の色が変わった以外、中身まで変えたつもりはなかったのです。

なのに、髪の色ひとつで、こんなにも世間の人たちは、人の見方を変えてしまうのかと、とてもびっくりしたのでした。自分もそんな世間の一人だったことをすっかり忘れて……。

通りすがりのご老人から非難の目でじろじろ見られたり、特攻服を持ってるんじゃないかとからかわれたり、尾崎豊さんの曲を全部歌えるに違いないと勝手な想像をされる日々。

本来の自分とは別のイメージを押し付けられることがちょっと新鮮で、面白くて、しばらくは派手な髪色を維持しておりました。が、あれから年月が過ぎ、髪をビビッドに染めるのが廃れてしまい、鮮やかなカラーリング剤が手に入りにくくなりました。

そんなわけで、今のわたしは、真っ赤な髪ではありません。このことをいつかしっかり『でりば』のあとがき読者様に報告しなくては！　と、今でも若干のマジメさが残っているわたしは、ずうっと気にかかっていたのです。なので、今回ようやくここに書くことができてホッとしました。

文庫版が出て、ああよかった！

（しつこく余韻用余白）

（なんとなく読者ツッコミ用余白）

さて、みなさん。わたしには、昔の記念写真を見る趣味がありません。なので、この作品も、単行本が出てから長い間読み返すことがありませんでした。

今回、数年ぶりにデビュー作を読み……ええと……なんと申しますか……予想通り、暑さの汗と冷や汗が交互にダーッと。

ペース配分をしなければならないマラソンコースを最初から全力で走ってしまったような、しかも最短コースを取らずに知らず知らずに道幅一杯に蛇行して必要以上の距離を走っていたような、必死さ。

マナコも必死でしたが、当時の作者も単行本デビューするために必死でした。今でも一作ごとにそれぞれ必死なのは同じですが、どこにチカラを集めたらいいのかわからず、まるで３６０度、全開だけれどむらだらけでエネルギーを放出しているかのようなこの作品は、思春期そのもののよう……ですよね？（無理やり同意を求めてみる）

大人になってしまえば、どうってことのない「あたりまえ」のことは、たくさんあります。が、大人になるまでの道のりには、あたりまえであるがゆえに、あたりまえとして受け入れがたいものもたくさんありました。

この文庫で初めてマナコたちに出会う成熟した大人の読者様には、そんな時期があったことをちらっと思い出して、懐かしんでいただけたらと思います。若い読者様には、ところどころでマナコの気持ちに共感したり反発したりしていただければ、とても嬉しいです。

わたしのウェブサイトを見て「中学時代に図書室で出会ったマナコやローニンセイが、あの頃の心の支えでした」とメールをくださるかつての読者様たちの言葉は、わたしの宝物です。

児童文学やヤングアダルトと分類される作品を書いている以上、若い読者様がこのジャンルを卒業していくのは、嬉しいことでもあります。そして、その読者様が、時を置いてまたこの本を開いてくださる機会があれば、作者としてとても幸せに感じます。書き手は作品ごとに姿を変えていくものだろうと思いますが、この『でりばりぃAge』というお話は、良くも悪くも変わらずに、読む人をうけとめようと本の中で読者様を待っているはずです。ですから、いつでも気が向いたときに会いに来てください！

この作品は、梨屋アリエのスタートラインでした。そして、このあとの作品も、そ

のあとの作品も、また新たなスタートラインでした。あっちこっちにスタートライン
を刻みながら、わたしはいったいどこへ行くのやら（笑）。
違う本でも、またお目にかかれますように！

二〇〇六年　三月

ありりん＠自宅

解説

金原瑞人（翻訳家）

梨屋アリエ、いつかちゃんと紹介しなくちゃと思いつつ、ついついその機会を逃していたら、『プラネタリウム』という短編集が出て、この感覚、すごいなあ、新鮮、いや、斬新、いやいや、最高じゃん、と思っていたら、次の短編集『プラネタリウムのあとで』が出てしまった。最高の上はなんだっけ？

とにかく、この人は書くたびにうまくなる。そして書くたびに、だれも踏みこんだことのない不思議な世界を広げて、深く突き進んでいく。

心にしこりができると石になって、体のそとに落ちてしまう少女と、鉱石採取が趣味の少年の触れあい（「笑う石姫」）。暴力少年と、地球大好き、地球を救え少女の出会い（「地球少女」）。生きた乙女の脂肪を吸わずにいられない「吸脂鬼」と肥満少女の交流（「痩せても美しくなるとは限らない」）。そして最後は、不気味で、奇妙な味の「好き。とは違う、好き」(説明抜き)。

どれも思いも寄らない設定とイメージで、あっけなく読者のガードをはずして、強烈な物語をたたきこんでくる。そのうえ、すべてに現代の若者の心のふるえが鮮やかにとらえられている。それがときどき、恐ろしく、ときに切ない。

「新しい青春小説」という呼び方がどうしようもなく古くさくきこえてしまうほど新しい、「新しい青春小説」。次の作品が待ち遠しくてたまらない。（「東販週報」、二〇〇六年二月十日号）

えっ、この本、『プラネタリウムのあとで』じゃないって？ 『でりばりぃAge』？ いや、それはわかってるんだけど、梨屋アリエの魅力を知ってもらうには、まずはこれ、この紹介文がいいと思うのだ。

もう二十年以上も児童書やヤングアダルトの本の紹介をしてきたが、ときどき気になって気になってしかたのない作家にめぐりあうことがある。たとえば佐藤多佳子、森絵都、三浦しをん、片川優子など、デビューの頃から、その名前がうるさい耳鳴りのようにいつも頭のどこかに響いていて（快いといえば快いのだが）、本屋にいくと、つい、新刊が出ていないかさがしてしまうような、そんな作家だ。

梨屋アリエは、最初『でりばりぃＡｇｅ』を読んだときの印象が強烈だった。とくに最初の帆船のイメージがすごかった。

「帆だ！　白い帆をはためかせた船が見える……。」

強烈な圧迫感と閉塞感に襲われた主人公の真名子が窓から見た「白い帆」。

「あのシーツは強烈な午後の陽射しで生地を傷めて、パリパリになってるに違いない。きっと緑の青くささと太陽の焦げた匂いが染みていて、汗ばんだ肌の不快感を一瞬で吸いとってしまうほど乾ききっているはずだ。なのに、炎天から吹きつける風となんて愉しげに戯れているんだろう。

あの八月の風をはらんだかろやかな洗濯物に、いますぐつつまれたら……」

うまいなあと思う。そして、そのあとから、真名子のおちいっている疎外感がひしひしと伝わってきた。疎外感というとむつかしいかもしれないけど、いいかえれば、自分の居場所がないという感覚だ。

お母さんは教育関係のボランティアで忙しくしているくせに、娘のことはまったく見えていないし、お父さんは居間でテレビゲームばかりしていて、なんか反応がはっきりしなくて、頼りない。そして弟。弟が生まれてきて、自分はいらなくなってしまったような気もする。友だちとのつきあいも、なぜかちぐはぐな感じがつきまとう。

だから、「できることなら、やれるものなら、世界をぶち壊してしまいたい。そして、おしまいにわたしも消える。ジ・エンド。家族も友だちも学校も将来もわたしのいる意味も、すっかり消えてしまえばいい」と考えたりする。

そんな真名子が、白い帆のある家で暮らす正体不明のローニンセイとふれ合うことで、少しずつ変わっていく。その様子が、いままでのヤングアダルト小説にはなかったような、驚くほどあざやかなイメージといっしょに描かれていく。

白い帆、帆船、「人ごみに埋もれると、わたしはサメ人間になってしまう」、超新星爆発、「粉々になった星のかけらは宇宙に散って、いつか別の新しい星になる」、「庭いっぱいのかんぴょうカーテン」、「ドアが開く。そこは真空の宇宙。わたしはそこで終わってしまう」……

そして真名子は出ていきたいと思う。しかし「永遠に家を出るために、早く大人になりたい。だけど大人になったら女になってしまう。つまらない女になるのなら大人になりたくない」とも思ってしまう。

真名子の行き場のない悲しみと憤りを、作者はていねいに、たんねんに、ときには残酷なほどあからさまに、しかしやさしさをこめて描いていく。そしてやがて、固くこりかたまった心が、謎のローニンセイとの出会いによって、少しずつほぐれていく。そしてそして、最後の最後……そう、最後の数行！　この数行に、思わず胸をつかれてしまった。

「早く、いますぐ大人になりたい」という、これほど平凡な言葉が、これほど切なく、これほどのインパクトをもって迫ってくる作品がいままでにあっただろうか。そして、白いシーツに「いますぐつつまれたら」と思っていた真名子は大きく成長して、「大切なだれかをふわっと包みこめるような……存在になりたい」と思うようになる。読み終えて、思わず立ちつくしてしまうような本は、ほんとうに少ない。しかしこれはそういう数少ない本のなかの一冊だと思う。

『でりばりぃAge』が気に入った人はぜひ『プラネタリウム』『プラネタリウムのあとで』も読んでみてほしい。この本のいろんな部分が、思いがけない物語になって飛びだしてくる。梨屋アリエという人は、一カ所にとどまっているのが好きではないらしい。

本書は、一九九九年五月に小社より単行本として刊行されました。

|著者|梨屋アリエ　1971年、栃木県生まれ。東京都在住。『でりばりぃAge』で第39回講談社児童文学新人賞受賞。『ピアニッシシモ』で第33回日本児童文芸家協会新人賞を受賞した。その他の著書に『プラネタリウム』『プラネタリウムのあとで』(以下すべて講談社)、『空色の地図』(金の星社)がある。
http://www.aririn.com/

でりばりぃAge《エイジ》
梨屋《なしや》アリエ

2006年4月15日第1刷発行

発行者――野間佐和子
発行所――株式会社　講談社
東京都文京区音羽2-12-21　〒112-8001
電話　出版部 (03) 5395-3510
　　　販売部 (03) 5395-5817
　　　業務部 (03) 5395-3615
Printed in Japan

講談社文庫
定価はカバーに表示してあります

デザイン―菊地信義
本文データ制作―講談社プリプレス制作部
印刷――信毎書籍印刷株式会社
製本――株式会社千曲堂

ISBN4-06-275377-4

講談社文庫刊行の辞

二十一世紀の到来を目睫に望みながら、われわれはいま、人類史上かつて例を見ない巨大な転換期をむかえようとしている。

世界も、日本も、激動の予兆に対する期待とおののきを内に蔵して、未知の時代に歩み入ろうとしている。このときにあたり、創業の人野間清治の「ナショナル・エデュケイター」への志を現代に甦らせようと意図して、われわれはここに古今の文芸作品はいうまでもなく、ひろく人文・社会・自然の諸科学から東西の名著を網羅する、新しい綜合文庫の発刊を決意した。

激動の転換期はまた断絶の時代である。われわれは戦後二十五年間の出版文化のありかたへの深い反省をこめて、この断絶の時代にあえて人間的な持続を求めようとする。いたずらに浮薄な商業主義のあだ花を追い求めることなく、長期にわたって良書に生命をあたえようとつとめるところにしか、今後の出版文化の真の繁栄はあり得ないと信じるからである。

同時にわれわれはこの綜合文庫の刊行を通じて、人文・社会・自然の諸科学が、結局人間の学にほかならないことを立証しようと願っている。かつて知識とは、「汝自身を知る」ことにつきていた。現代社会の瑣末な情報の氾濫のなかから、力強い知識の源泉を掘り起し、技術文明のただなかに、生きた人間の姿を復活させること。それこそわれわれの切なる希求である。

われわれは権威に盲従せず、俗流に媚びることなく、渾然一体となって日本の「草の根」をかたちづくる若く新しい世代の人々に、心をこめてこの新しい綜合文庫をおくり届けたい。それは知識の泉であるとともに感受性のふるさとであり、もっとも有機的に組織され、社会に開かれた万人のための大学をめざしている。大方の支援と協力を衷心より切望してやまない。

一九七一年七月

野間省一

講談社文庫 最新刊

恩田　陸　黒と茶の幻想(上)(下)
学生時代の同級生だった男女四人。太古の森への旅は、一人の女性の死を浮き彫りにして。

椎名　誠　モ　ヤ　シ
モヤシに激しく傾倒した作家の『私モヤシ小説』。うまいビールと旅と、怪しい人々の物語。

風野　潮　ビート・キッズ Beat Kids
二人の大阪少年が、16ビートで笑って泣かせる。児童文学新人賞三賞独占の傑作、文庫化！

梨屋アリエ　でりばりぃAge
進路、友情、家族、誰もが共感する思春期の思いを描いた、講談社児童文学新人賞受賞作。

司馬遼太郎　新装版 真説宮本武蔵
宮本武蔵は本当に強かったのか？ 剣聖の実態に迫る表題作ほか、傑作短編5本を収録。

石月正広　笑う　花魁《おいらん》　〈結わえ師・紋重郎始末記〉
あらゆるものを結び、解く。神業的捕縛術をも操る結《ゆわえ》師の活躍！ 書下ろし長編時代小説。

稲葉　稔　武者とゆく
拾った犬と暮らす剣術の元指南役。一命をとりとめた女が招いた事件とは。文庫書下ろし。

陳　舜臣　小説十八史略 傑作短篇集
蒙古襲来までの通史「十八史略」の時代に生きた人物たちを活写する中国歴史小説を厳選。

轡田隆史　いまを読む名言　〈昭和天皇からホリエモンまで〉
昭和天皇から一個人まで。40年間におよぶ記者生活の中で出会った、忘れえぬ人と言葉。

立原正秋　春のいそぎ
刹那的な愛し方しかできず、破滅への道をたどる、三人の姉弟を描いた、不滅不朽の名作。

南里征典　魔性の淑女牝
美貌の妻は新興宗教のハーレムに。省吾は自慢の宝刀で七人の美姫を陥落させられるか!?

渡辺淳一　男時《おどき》・女時《めどき》 風のように
生《な》まの人生から生みだされた著者の言葉が、胸に響く。好評エッセイ集シリーズ、文庫化。

井村仁美　アナリストの淫らな生活　〈ベンチマーク〉
経済研究所に勤める邦彦は、伝説のストラテジストと呼ばれた男に身も心も翻弄され……？

講談社文芸文庫

津島佑子
山を走る女
二一歳の多喜子は誰にも祝福されない子を産み働きながら一人で育てる決心をする。リアルな育児日誌と山駆ける太古の女の詩的イメージが交錯する著者の初期野心作。
解説＝星野智幸　年譜＝与那覇恵子
つA6　198438-1

木山捷平
長春五馬路《ウーマロ》
長春で敗戦を迎えた木川は、大道ボロ屋を開業し生きのびている。悲しみも恨みも心に沈め悠然と生きる。想像を絶する圧倒的現実を形象化した木山文学の真骨頂。
解説＝蜂飼　耳
きC10　198437-3

三島由紀夫
三島由紀夫文学論集I
虫明亜呂無編
文学と行動、精神と肉体との根源的な一致を幻視し、来たるべき死を強く予感させる「太陽と鉄」を中心に、デモーニッシュな三島文学の魅力を湛えた十二篇を収録。
解説＝高橋睦郎
みF2　198439-X

講談社文庫　目録

赤川次郎ほか　二十四粒の宝石〈超短編小説傑作集〉
赤川次郎 横田順彌　二人だけの競奏曲
泡坂妻夫　奇術探偵曾我佳城全集〈全二巻〉
安土 敏　小説スーパーマーケット(上)(下)
安土 敏　償却済社員、頑張る
浅野健一　新・犯罪報道の犯罪
安能 務 訳　封神演義 全三冊
安能 務　春秋戦国志 全三冊
安能 務　三国演義 全六冊
阿部牧郎　盗まれた抱擁
阿部牧郎　後家長屋〈町之介慕情〉
阿部牧郎　出合茶屋
阿部牧郎　艶《あで》女《おんな》犬《いぬ》草《ぞう》紙《し》
嵐山光三郎　「不良中年」は楽しい
綾辻行人　十角館の殺人
綾辻行人　水車館の殺人
綾辻行人　迷路館の殺人
綾辻行人　人形館の殺人
綾辻行人　時計館の殺人

綾辻行人　黒猫館の殺人
綾辻行人　緋色の囁き
綾辻行人　暗闇の囁き
綾辻行人　黄昏の囁き
綾辻行人　どんどん橋、落ちた
綾辻行人　殺人方程式〈切断された死体の問題〉
綾辻行人　鳴風荘事件 殺人方程式II
阿井渉介　荒《あら》南《は》風《え》
我孫子武丸　8の殺人
我孫子武丸　0の殺人
我孫子武丸　人形はこたつで推理する
我孫子武丸　人形は遠足で推理する
我孫子武丸　殺戮にいたる病
我孫子武丸　人形はライブハウスで推理する
有栖川有栖　マジックミラー
有栖川有栖　46番目の密室
有栖川有栖　ロシア紅茶の謎
有栖川有栖　スウェーデン館の謎
有栖川有栖　ブラジル蝶の謎

有栖川有栖　英国庭園の謎
有栖川有栖　ペルシャ猫の謎
有栖川有栖　幻想運河
有栖川有栖　幽霊刑《デ》事《カ》
有栖川有栖　マレー鉄道の謎
有栖川有栖 篠田真由美 二階堂黎人 法月綸太郎　「Y」の悲劇
有栖川有栖／恩田陸 加納朋子／貫井徳郎 法月綸太郎　「ABC」殺人事件
明石散人 佐々木幹雄　東洲斎写楽はもういない
明石散人　二人の天魔王〈「信長」の真実〉
明石散人　龍安寺石庭の謎〈スペース・ガーデン〉
明石散人　ジェームス・ディーンの向こうに日本が視える
明石散人　謎ジパング〈誰も知らない日本史〉
明石散人　アカシックファイル〈日本の「謎」を解く！〉
明石散人　真説 謎解き日本史
明石散人　視えずの魚《うお》
明石散人　鳥玄坊〈根源の謎〉
明石散人　鳥玄坊〈時間の裏側〉
明石散人　鳥玄坊〈ゼロから零へ〉
明石散人　大《だい》老《ろう》猫《びょう》の外交術〈鄧小平秘録〉

石川英輔　大江戸えころじー事情
石川英輔　大江戸番付事情
石川英輔　大江戸庶民いろいろ事情
石川英輔　数学は嫌いです！〈苦手な人のためのお気楽数学〉
石川英輔・田中優子　大江戸生活体験事情
石牟礼道子　新装版 苦海浄土《くがいじょうど》〈わが水俣病〉
今西祐行　肥後の石工
いわさきちひろ　ちひろのことば
いわさきちひろ・松本猛　いわさきちひろの絵と心
いわさきちひろ・松本猛　ちひろへの手紙
いわさきちひろ絵本美術館編　ちひろ・子どもの情景〈文庫ギャラリー〉
いわさきちひろ絵本美術館編　ちひろ・紫のメッセージ〈文庫ギャラリー〉
いわさきちひろ絵本美術館編　ちひろの花ことば〈文庫ギャラリー〉
いわさきちひろ絵本美術館編　ちひろのアンデルセン〈文庫ギャラリー〉
いわさきちひろ絵本美術館編　ちひろ・平和への願い〈文庫ギャラリー〉
石野径一郎　ひめゆりの塔
井沢元彦　猿丸幻視行
井沢元彦　義経幻殺録
井沢元彦　光と影の武蔵〈切支丹秘録〉

一ノ瀬泰造　地雷を踏んだらサヨウナラ
泉麻人　丸の内アフター5
泉麻人〈オカシ屋ケン太〉　おやつストーリー
泉麻人　東京タワーの見える島
泉麻人　地下鉄100コラム
泉麻人　僕の昭和歌謡曲史
泉麻人　ニッポンおみやげ紀行
泉麻人　通勤快毒
一志治夫　僕の名前は。〈アルピニスト野口健の青春〉
伊集院静　乳房
伊集院静　遠い昨日
伊集院静　夢は枯野を〈競輪躁鬱旅行〉
伊集院静　峠の声
伊集院静　白秋
伊集院静　潮流
伊集院静　機関車先生
伊集院静　冬の蜻蛉《とんぼ》
伊集院静　オルゴール
伊集院静　昨日スケッチ

伊集院静　アフリカの王(上)(下)〈『アフリカの絵本』改題〉
伊集院静　あづま橋
岩崎正吾　信長殺すべし〈異説本能寺〉
井上夢人　おかしな二人〈岡嶋二人盛衰記〉
井上夢人　メドゥサ、鏡をごらん
井上夢人　ダレカガナカニイル…
井上夢人　プラスティック
井上夢人　オルファクトグラム(上)(下)
家田荘子　バブルと寝た女たち
家田荘子　愛人〈ピュアで危険な愛を選んだ女たち〉
家田荘子　イエローキャブ
家田荘子　渋谷チルドレン
池宮彰一郎　高杉晋作(上)(下)
池宮彰一郎他　異色忠臣蔵大傑作集
石坂晴海　×一《バツイチ》の子どもたち〈彼らの本音〉
井上祐美子　公主帰還
井上祐美子・塚本青史・森福都　妃《ひ》・殺《さつ》・蝗《こう》〈中国三色奇譚〉
飯島勲　代議士秘書〈永田町、笑っちゃうけどホントの話〉
池井戸潤　果つる底なき

池井戸　潤　架空通貨
池井戸　潤　銀行狐
池井戸　潤　銀行総務特命
池井戸　潤　仇敵
岩瀬達哉　新聞が面白くない理由
乾くるみ　Jの神話
乾くるみ　塔の断章
伊波真理雄／石村博子　不完全でいいじゃないか！
伊東四朗／吉田照美　親父熱愛《オヤジ・パッション》PARTⅠ
伊東四朗／吉田照美　親父熱愛《オヤジ・パッション》PARTⅡ
岩間建二郎　ゴルフ ここだけ直せばうまくなる
岩城宏之　森のうた〈山本直純との芸大青春記〉
石月正広　渡世人
井上一馬　モンキーアイランド・ホテル
石倉ヒロユキ　ヤッホー！　緑の時間割
石井政之　顔面バカ一代〈アザをもつジャーナリスト〉
伊東順子　ピビンバの国の女性たち
糸井重里　ほぼ日刊イトイ新聞の本
岩井志麻子　東京のオカヤマ人

乾　荘次郎　妻《め》敵《がたき》討《う》ち〈鴉《からす》道場日月抄〉
石田衣良　LAST［ラスト］
井上荒野　ひどい感じ―父・井上光晴
飯田譲治／梓河人　アナン、(上)(下)
内橋克人　新版 匠の時代〈全六巻〉
内田康夫　死者の木霊《こだま》
内田康夫　シーラカンス殺人事件
内田康夫　パソコン探偵の名推理
内田康夫　「横山大観」殺人事件
内田康夫　漂泊の楽人
内田康夫　江田島殺人事件
内田康夫　琵琶湖周航殺人歌
内田康夫　夏泊殺人岬
内田康夫　平城山《ならやま》を越えた女
内田康夫　「信濃の国」殺人事件
内田康夫　鐘
内田康夫　風葬の城
内田康夫　透明な遺書
内田康夫　鞆《とも》の浦《うら》殺人事件

内田康夫　箱庭
内田康夫　終幕《フィナーレ》のない殺人
内田康夫　御堂筋殺人事件
内田康夫　記憶の中の殺人
内田康夫　北国街道殺人事件
内田康夫　蜃気楼
内田康夫　「紅藍《くれない》の女《ひと》」殺人事件
内田康夫　「紫《むらさき》の女《ひと》」殺人事件
内田康夫　藍色回廊殺人事件
内田康夫　明日香の皇子
内田康夫　伊香保殺人事件
内田康夫　不《し》知《ら》火《ぬい》海《かい》
内田康夫　華の下にて
内田康夫　博多殺人事件
内田康夫　中央構造帯(上)(下)
内田康夫　黄金の石橋
歌野晶午　長い家の殺人
歌野晶午　さらわれたい女
歌野晶午　ROMMY〈越境者の夢〉

歌野晶午　正月十一日、鏡殺し
歌野晶午　死体を買う男
歌野晶午　放浪探偵と七つの殺人
歌野晶午　安達ヶ原の鬼密室
内館牧子　リトルボーイ・リトルガール
内館牧子　切ないOLに捧ぐ
内館牧子　あなたが好きだった
内館牧子　ハートが砕けた！
内館牧子　B・U・S・U〈すべてのプリティ・ウーマンへ〉
内館牧子　別れてよかった
内館牧子　愛しすぎなくてよかった
内館牧子　あなたはオバサンと呼ばれてる
宇神幸男　美神の黄昏
宇都宮直子　人間らしい死を迎えるために
薄井ゆうじ　竜宮の乙姫の元結いの切りはずし
宇江佐真理　泣きの銀次
宇江佐真理　室の梅〈おろく医者覚え帖〉
宇江佐真理　涙堂〈琴女《ことじょ》癸酉日記《きゆうにっき》〉
宇江佐真理　あやめ横丁の人々

内田正幸／生活クラブ生協連合会「生活と自治」　こんなモノ食えるか!?〈食の安全に関する101問101答〉
上野哲也　ニライカナイの空で
上野哲也　海の空　空の舟
魚住昭　渡邉恒雄　メディアと権力
氏家幹人　江戸老人旗本夜話
氏家幹人　江戸の性談〈男たちの秘密〉
宇佐美游　脚美人
内田春菊　愛だからいいのよ
遠藤周作　海と毒薬
遠藤周作　わたしが・棄てた・女
遠藤周作　ぐうたら人間学
遠藤周作　聖書のなかの女性たち
遠藤周作　さらば、夏の光よ
遠藤周作　最後の殉教者
遠藤周作　反逆(上)(下)
遠藤周作　ひとりを愛し続ける本
遠藤周作　深い河《ディープ・リバー》
遠藤周作　周作塾〈読んでもタメにならないエッセイ〉
遠藤周作　『深い河』創作日記

永六輔　無名人名語録
永六輔　一般人名語録
永六輔　どこかで誰かと
江波戸哲夫　希望退職を募る〈小説　企業再建〉
衿野未矢　依存症の女たち
衿野未矢　依存症の男と女たち
衿野未矢　依存症がとまらない
大江健三郎　新しい人よ眼ざめよ
大江健三郎　宙返り(上)(下)
大江健三郎　取り替え子《チェンジリング》
大江健三郎　鎖国してはならない
大江健三郎　言い難き嘆きもて
大江健三郎　憂い顔の童子
大江健三郎・文　大江ゆかり・画　恢復する家族
大江健三郎・文　大江ゆかり・画　ゆるやかな絆
小田実　何でも見てやろう
大橋歩　おしゃれする
大石邦子　この生命ある限り
沖守弘　マザー・テレサ〈あふれる愛〉

岡嶋二人　焦茶色《こげちゃ》のパステル
岡嶋二人　七年目の脅迫状
岡嶋二人　あした天気にしておくれ
岡嶋二人　開けっぱなしの密室
岡嶋二人　三度目ならばABC
岡嶋二人　とってもカルディア
岡嶋二人　チョコレートゲーム
岡嶋二人　ビッグゲーム
岡嶋二人　ちょっと探偵してみませんか
岡嶋二人　記録された殺人
岡嶋二人　ツァラトゥストラの翼〈スーパー・ゲーム・ブック〉
岡嶋二人　そして扉が閉ざされた
岡嶋二人　どんなに上手に隠れても
岡嶋二人　タイトルマッチ
岡嶋二人　解決まではあと6人〈5W1H殺人事件〉
岡嶋二人　なんでも屋大蔵でございます
岡嶋二人　眠れぬ夜の殺人
岡嶋二人　珊瑚色ラプソディ
岡嶋二人　クリスマス・イヴ

岡嶋二人　七日間の身代金
岡嶋二人　眠れぬ夜の報復
岡嶋二人　ダブルダウン
岡嶋二人　殺人者志願
岡嶋二人　コンピュータの熱い罠《わな》
岡嶋二人　殺人！ザ・東京ドーム
岡嶋二人　99％の誘拐
岡嶋二人　クラインの壺
太田蘭三　密殺源流
太田蘭三　殺人雪稜
太田蘭三　失跡渓谷
太田蘭三　仮面の殺意
太田蘭三　被害者の刻印
太田蘭三　遭難渓流
太田蘭三　遍路殺《ころ》がし
太田蘭三　奥多摩殺人渓谷
太田蘭三　白の処刑
太田蘭三　闇の検事
太田蘭三　殺意の北八ヶ岳

大前研一　企業参謀　正・続
大前研一　やりたいことは全部やれ！
大沢在昌　野獣駆けろ
大沢在昌　氷の森
大沢在昌　死ぬより簡単
大沢在昌　相続人TOMOKO
大沢在昌　ウォームハート　コールドボディ
大沢在昌　アルバイト探偵《アイ》
大沢在昌　アルバイト探偵《アイ》　調毒師を捜せ
大沢在昌　女王陛下のアルバイト探偵《アイ》
大沢在昌　不思議の国のアルバイト探偵《アイ》
大沢在昌　アルバイト探偵《アイ》　拷問遊園地
大沢在昌　走らなあかん、夜明けまで
大沢在昌　雪蛍
大沢在昌　涙はふくな、凍るまで
大沢在昌　ザ・ジョーカー
大沢在昌　C・ドイル原作　バスカビル家の犬
逢坂剛　コルドバの女豹
逢坂剛　スペイン灼熱の午後

講談社文庫　目録

押川國秋　捨て首〈臨時廻り同心日下伊兵衛〉
大平光代　だから、あなたも生きぬいて
小川恭一　江戸の旗本事典〈歴史・時代小説ファン必携〉
落合正勝　男の装い 基本編
尾上圭介　大阪ことば学
奥村チヨ　幸福の木の花
大場満郎　南極大陸単独横断行
小田若菜　サラ金嬢のないしょ話
海音寺潮五郎　孫子
加賀乙彦　高山右近
金井美恵子　噂の娘
柏葉幸子　霧のむこうのふしぎな町
勝目梓　悪党図鑑
勝目梓　処刑猟区
勝目梓　獣たちの熱い眠り
勝目梓　昏《くら》き処刑台
勝目梓　眠れない
勝目梓　生《いけ》贄《にえ》
勝目梓　剝《は》がし屋
勝目梓　地獄の狩人
勝目梓　鬼畜
勝目梓　柔肌は殺しの匂い
勝目梓　赦《ゆる》されざる者の挽歌
勝目梓　毒と蜜
勝目梓　秘戯
勝目梓　鎖の闇
勝目梓　呪縛
勝目梓　恋情
鎌田慧　自動車絶望工場〈ある季節工の日記〉
鎌田慧　六ヶ所村の記録〈核燃料サイクル基地の素顔〉
鎌田慧　いじめ社会の子どもたち
鎌田慧　津軽・斜陽の家〈太宰治を生んだ「地主貴族」の光芒〉
桂米朝　米朝ばなし〈上方落語地図〉
笠井潔　梟《ふくろう》の巨《おお》なる黄昏《たそがれ》
笠井潔　群衆の悪魔〈デュパン第四の事件〉
笠井潔　ヴァンパイヤー戦争《ウォーズ》1〈吸血神ヴァーオゥの復活〉
笠井潔　ヴァンパイヤー戦争《ウォーズ》2〈月のマジック・ミラー〉
笠井潔　ヴァンパイヤー戦争《ウォーズ》3〈妖僧スペシネフの陰謀〉
笠井潔　ヴァンパイヤー戦争《ウォーズ》4〈魔獣ドゥゴンの跳梁〉
笠井潔　ヴァンパイヤー戦争《ウォーズ》5〈謀略の礼部クーデタ〉
笠井潔　ヴァンパイヤー戦争《ウォーズ》6〈秘境アフリカの女王〉
笠井潔　ヴァンパイヤー戦争《ウォーズ》7〈蛮族トゥトゥインガの逆襲〉
笠井潔　ヴァンパイヤー戦争《ウォーズ》8〈ブドゥールの黒人王国〉
笠井潔　ヴァンパイヤー戦争《ウォーズ》9〈ルビヤンカ監獄大襲撃〉
笠井潔　ヴァンパイヤー戦争《ウォーズ》10〈魔神ネヴセシブの覚醒〉
笠井潔　ヴァンパイヤー戦争《ウォーズ》11〈地球霊ガイ・ムーの聖婚〉
笠井潔　新版サイキック戦争I〈紅蓮の海〉
笠井潔　新版サイキック戦争II〈虐殺の森〉
川田弥一郎　白く長い廊下
加来耕三　信長の謎〈徹底検証〉
加来耕三　武蔵の謎〈徹底検証〉
加来耕三　新撰組の謎〈徹底検証〉
加来耕三　義経の謎〈徹底検証〉
加来耕三　山内一豊の妻と戦国女性の謎〈徹底検証〉
加来耕三　日本史勝ち組の法則500〈徹底検証〉
香納諒一　雨のなかの犬

講談社文庫　目録

栗本 薫 真夜中のユニコーン〈伊集院大介の休日〉
倉橋由美子 よもつひらさか往還
黒柳徹子 窓ぎわのトットちゃん
久保博司 日本の警察〈警視庁vs大阪府警〉
久保博司 日本の検察
久保博司 新宿歌舞伎町交番
黒川博行 燻り
黒川博行 てとろどときしん〈大阪府警・捜査一課事件報告書〉
黒川博行 国境
蔵前仁一 インドは今日も雨だった
久世光彦 夢あたたかき〈向田邦子との二十年〉
黒田福美 ソウルマイハート
黒田福美 ソウルマイハート 背伸び日記
黒田福美 ソウルマイデイズ
倉知 淳 星降り山荘の殺人
倉知 淳 猫丸先輩の推測
鍬本實敏 警視庁刑事〈私の仕事と人生〉
栗原美和子 せ・き・ら・ら・ら〈生意気プロデューサーの告白〉
熊谷達也 迎え火の山

鯨統一郎 北京原人の日
鯨統一郎 タイムスリップ森鷗外
倉阪鬼一郎 青い館の崩壊〈ブルー・ローズ殺人事件〉
久米 宏 久米麗子 ミステリアスな結婚
けらえいこ ハヤセクニコ おきらくミセスの婦人くらぶ～
けらえいこ セキララ結婚生活
今野 敏 ST警視庁科学特捜班
今野 敏 ST警視庁科学特捜班〈毒物殺人〉
今野 敏 ST警視庁科学特捜班〈黒いモスクワ〉
小杉健治 境界殺人
小杉健治 奈落〈上州無宿半次郎逃亡記〉
小杉健治 灰の男
小杉健治 隅田川浮世桜《すみだがわうきよのさくら》
後藤正治 奪われぬもの
後藤正治 牙〈江夏豊とその時代〉
幸田 文 崩れ
幸田 文 台所のおと
幸田 文 季節のかたみ
幸田 文 月の塵

小池真理子 記憶の隠れ家
小池真理子 美神《ミューズ》
小池真理子 冬の伽藍
小池真理子 映画は恋の教科書《テキスト》
小池真理子 ノスタルジア
幸田真音 小説ヘッジファンド
幸田真音 マネー・ハッキング
幸田真音 日本国債(上)(下)〈改訂最新版〉
幸田真音 eの悲劇〈IT革命の光と影〉
小森健太朗 ネヌウェンラーの密室
小森健太朗 神の子《イエス・キリスト》の密室
小松江里子 Summer Snow《サマースノー》
小松江里子 元カレ
五味太郎 大人問題
五味太郎 さらに・大人問題
小峰有美子 宿曜占星術
小柴昌俊 心に夢のタマゴを持とう
鴻上尚史 あなたの魅力を演出するちょっとしたヒント
小林紀晴 アジアロード

酒井順子　結婚疲労宴
酒井順子　ホメるが勝ち！
酒井順子　少子
佐野洋子　嘘ばっか〈新釈・世界おとぎ話〉
佐野洋子　猫ばっか
佐野洋子　コッコロから
佐川芳枝　寿司屋のかみさんうちあけ話
佐川芳枝　寿司屋のかみさんおいしい話
佐川芳枝　寿司屋のかみさんとっておき話
佐川芳枝　寿司屋のかみさんお客さま控帳
佐川芳枝　寿司屋のかみさん、エッセイストになる
桜木もえ　ばたばたナース秘密の花園
桜木もえ　ばたばたナース美人の花道
桜木もえ　純情ナースの忘れられない話
斎藤貴男　バブルの復讐〈精神の瓦礫〉
佐藤賢一　二人のガスコン(上)(中)(下)
佐藤賢一　ジャンヌ・ダルクまたはロメ
笹生陽子　ぼくらのサイテーの夏
笹生陽子　きのう、火星に行った。

佐伯泰英　変《へん》化《げ》〈交代寄合伊那衆異聞〉
佐伯泰英　雷鳴〈交代寄合伊那衆異聞〉
司馬遼太郎　王城の護衛者
司馬遼太郎　俄《にわか》〈浪華遊侠伝〉
司馬遼太郎　妖怪
司馬遼太郎　尻《しり》啖《くら》え孫市
司馬遼太郎　真説宮本武蔵
司馬遼太郎　風の武士(上)(下)
司馬遼太郎　戦雲の夢
司馬遼太郎　最後の伊賀者
司馬遼太郎　新装版 播磨灘物語 全四冊
司馬遼太郎　新装版 箱根の坂(上)(中)(下)
司馬遼太郎　新装版 アームストロング砲
司馬遼太郎　新装版 歳月(上)(下)
司馬遼太郎　新装版 おれは権現
司馬遼太郎　新装版 大坂侍
司馬遼太郎　新装版 北斗の人(上)(下)
司馬遼太郎　新装版 軍師二人
司馬遼太郎 海音寺潮五郎　日本歴史を点検する

司馬遼太郎 陳舜臣 金達寿　歴史の交差路にて〈日本・中国・朝鮮〉
司馬遼太郎 井上ひさし　国家・宗教・日本人
柴田錬三郎　岡っ引どぶ 正・続〈柴錬捕物帖〉
柴田錬三郎　お江戸日本橋(上)(下)
柴田錬三郎　三国志〈柴錬痛快文庫〉
柴田錬三郎　江戸っ子侍(上)(下)
柴田錬三郎　貧乏同心御用帳
城山三郎　ビッグボーイの生涯〈五島昇その人〉
城山三郎　この命、何をあくせく
白石一郎　火炎城
白石一郎　鷹ノ羽の城
白石一郎　銭の城
白石一郎　びいどろの城
白石一郎　庖丁ざむらい〈十時半睡事件帖〉
白石一郎　観音妖女〈十時半睡事件帖〉
白石一郎　刀〈十時半睡事件帖〉
白石一郎　犬を飼う武士〈十時半睡事件帖〉
白石一郎　出世長屋〈十時半睡事件帖〉
白石一郎　おんな舟〈十時半睡事件帖〉

2006年3月15日現在